Ludwig Börne

Aus meinem Tagebuche

Ludwig Börne: Aus meinem Tagebuche

Berliner Ausgabe, 2013
Vollständiger, durchgesehener Neusatz mit einer Biographie des Autors
bearbeitet und eingerichtet von Michael Holzinger

Textgrundlage ist die Ausgabe:
Ludwig Börne: Sämtliche Schriften. Neu bearbeitet und herausgegeben
von Inge und Peter Rippmann, Band 1–3, Düsseldorf: Melzer-Verlag,
1964.

Herausgeber der Reihe: Michael Holzinger

Reihengestaltung: Viktor Harvion
Umschlaggestaltung unter Verwendung des Bildes:
Gemälde von Moritz Oppenheim, 1827

Gesetzt aus Minion Pro

Verlag, Druck und Bindung:
CreateSpace Independent Publishing Platform, North Charleston, USA,
2013

I.

Du närrisches weißes Buch, ich dachte nicht, dich je wieder zu sehen. Da bin ich, und jetzt plaudere ich wieder mit dir von alten und von neuen Sachen, und du hörst mich geduldig an und gibst mir recht wie immer.

Krank sein, gefangen und gefesselt schmachten und alles geduldig ertragen, bis der Tyrann müde geworden! Nein. Ein Mann von Ehre sollte sich schämen, krank zu sein länger als vier Wochen. Ich war es länger als ein Jahr. Wie lieben wir das Leben, das uns doch so wenig liebt und das wie ein gezähmtes wildes Tier seinen Herrn vergißt und hinausspringt ins Freie, sobald es den Käfig offen findet.

Und was gewinnt man dabei? Späte Leiden erfrischen die Seele nicht mehr. Es ist kein Gewitter, das den Durst der jugendglühenden Natur löscht – es ist der Herbstwind, der herabjagt, was noch grün an den Bäumen war; alles raschelt und ächzt wie die Brust eines Sterbenden, und die welke Erinnerung wird im Sturme zerstreut.

Einst in schönern Jahren ... ich hatte mich einer Rose genaht und mich tief verwundet an ihren Dornen – da rettete eine Krankheit meine Seele. Und als ich aufstand, war auch die Natur genesen. Weggeschmolzen war der Schnee, mein Schmerz und der Zorn. Ich hatte alles vergeben, alles vergessen. Meine Brust war offen, wie die Säulenhalle eines Tempels, und der Frühling lustwandelte in mir, wie ich in ihm. Und jetzt! die Genesung und der Frühling haben sich wieder begegnet; aber es ist ganz anders. Ich bin nur etwas munterer geworden, weil ich ein verdrüßliches Geschäft beendigt.

Sind das grüne Bäume? Ist das Himmelsblau? Ist das Abendrot? Ach ja, es ist ganz artig gemalt und auch sehr ähnlich; ich habe das Original gekannt.

Einst war mir die Nachtigall die Rose der Luft. Mir dufteten ihre Töne und blutlockende Dornen verwundeten das entzückte Ohr. Jetzt höre ich sie nur noch und mit wahrem Vergnügen. Die Christgeschenke des Frühlings lagen hellerleuchtet vor mir, und ich war unentschlossen wie ein Kind, was ich zuerst genießen, zuerst mir aneignen sollte. Ich zögerte zu wünschen. Dort das Wäldchen, hier das Tal, den Berg drüben, die Mühle, den Wassersturz? Jetzt kann ich bedenken und wählen.

Der Frühling, die Nachtigall, das Morgenrot, des Mädchens holder Blick – es ist nichts. Alles ist die Jugend. Die Welt ist ein Spiegel, was hineinschaut, schaut heraus. Er gibt euch nur zurück, was ihr ihm geliehen, er dankt euch nicht mit einem Lichtstrahle ärmlicher Zinse. Ja, wer ihn durchschauen könnte, wer es vermöchte, die Folie des Lichtes abzustreifen! Die Welt ist hinter dem Leben; aber wo endet das Leben? Die Welt ist nichts. Die Jugend – es ist ein dunkles Wort. Wir alten klugen Leute sprechen es aus und verstehen es nicht. Ein Traum der vorigen

Woche ist uns heller. Und gut, daß es so ist; gut, daß wir im Alter die Jugend vergessen, denn wäre es anders, es wäre schlimm, es gäbe Zweifel, die uns zu Tode quälten.

Für welches Lebensalter bestimmt uns denn die Geburt? Für welches bilden wir uns heran? Für welches erziehen wir unsere Kinder? Habt ihr je darüber nachgedacht? Ich zweifle. Für alle! Ja, so sollte es sein, aber so ist es nicht. Der Knabe wird dem Jünglinge, der Jüngling dem Manne, der Mann dem Greise aufgeopfert. Und will der Greis, nachdem seine Freiheit überreif geworden, sie endlich genießen und leben für das Leben, kömmt die Religion und sagt: nicht so, alter Junge, die Schule ist noch nicht aus, das Leben kömmt erst nach dem Tode, der Sarg ist die Wiege deiner Freiheit. Die *Religion?* Nein, wir wollen nicht lügen und nicht heucheln. Die *Kirche* sagt's, diese Abenteuererin, die unter hundert Namen und Gestalten durch die Welt zieht und den Leichtgläubigen vorlügt, sie habe zwei Königreiche, eines da oben, die Freunde zu bezahlen, die ihr Geld geborgt, und eines unten, die zu züchtigen, die ihr hart und mißtrauisch kein Kredit gegeben.

Was berechtiget uns, das blanke Gold der Jugend dem blassen trügerischen Alter darzuleihen, das hohe Zinsen verspricht, weil es aller Schuldscheine lacht und sich nicht scheut, Bankerott zu machen?

Wir leben immer nur für die Zukunft, ewiges Stimmen und nie beginnt das Konzert. Ein Wechsel wird mit dem anderen bezahlt; es ist eine Liederlichkeit ohnegleichen. Die Zinsen blasen das Kapital auf, und Toren, welchen nie das bare Geld des Lebens lacht, halten sich für reich, wenn der Luftballon ihrer Hoffnungen recht hoch steigt. Wo nur das hinaus will! Lieber Gott, du bist doch sonst so gut, rede einmal, sei nicht verschwiegen wie ein Diplomat, sage uns, wo das endlich hinaus will.

Ihr könnt es gedruckt lesen: Von allen Menschen, die geboren werden, stirbt fast die Hälfte in der Kindheit; das Jünglingsalter erreichen weniger als die Hälfte, bis zu dem fünfzigsten Jahre, bis zu dem Alter, wo man für Arbeiten, Mühen, Entbehrungen zu ernten anfängt, gelangt weniger als ein Dritteil, und dem Wohle dieses kleinen Dritteils werden zwei große Dritteile aufgeopfert! Den Jungen gehört die Welt, und die Alten bewirtschaften, benutzen und beherrschen sie. Eltern, die Schule, Erziehung, der Staat, alle sorgen nur für die Hochbejahrten, und die Jugend ist verdammt, die Magd des Alters zu sein!

Die alten klugen Leute sprechen von der Leidenschaft der Jugend und von ihrer eigenen herrlichen Erfahrung. Aber die Leidenschaft, die jedem Alter angemessen, ist seine Vernunft. In jedem Alter glauben wir vernünftig zu sein und sehen die Vernunft des verflossenen Alters als Leidenschaft an. Und die Erfahrung macht unruhig, unglücklich, denn sie lehrt uns nur die Ausnahmen von der Regel. Die Regel zu kennen, braucht man keine Erfahrung, die lehrt das Buch und das eigene Herz. Nur der Unerfahrene hat recht, nur er ist glücklich. Darum glaubet der Jugend; was die Jugend glaubt, ist ewig, euer Wissen aber vergeht.

Und die Natur in ihren Menschengesetzen ist nicht vernünftiger und gerechter als der Mensch in seiner Freiheit. Nicht die unerfüllten Wünsche meiner armen Brüder schmerzen mich, mich betrübt, daß die Erfüllungen kommen, wenn der Wunsch, der sie gerufen, schon längst begraben ist.

Das Kind möchte herumspringen: es muß in der Schule bleiben und Lateinisch lernen. Der Jüngling darf hinaus ins Freie: da sitzt er in der Kammer beim Schattenrisse der Liebsten und seufzt. So lange wir reiselustig, haben wir kein Geld: wenn wir reich geworden, sind wir alt und bequem, wir spielen Boston und unser Kasino lockt uns mehr als Rom und Neapel. Dann kommen die Freundinnen unserer Nichten, herzen und küssen den lieben Onkel, trippeln ihm unbarmherzig auf seine gichtischen Füße und stören ihn im Mittagsschlafe. Satanskinder! warum seid ihr nicht dreißig Jahre früher gekommen, da der Onkel noch Neffe war, nach dem Essen nicht schlief, sondern trank und das Podagra nicht hatte? Lacht nicht, lacht nicht! Ich habe Neffen, die werden mich rächen.

Als Knabe hatte ich einen Wunsch, so heiß wie keinen seitdem. Es war ein Säbelchen, zum Tabaksräumer dienend, das ich bei einem andern Knaben gewahrte. Ich hatte eine schlaflose Nacht darüber. Jetzt könnte ich solcher Säbelchen in Dutzenden kaufen, aber ich mag sie nicht. Sie könnten vor meinen Füßen liegen, ich würde sie nicht aufheben. Dafür habe ich andere Gelüste, und ich möchte rasend werden, denke ich daran, daß mir vielleicht später alle diese Sachen kommen, wenn sie mir gleichgültig geworden.

Robert, oder der Mann wie er sein sollte, verschaffte mir von meinem Hofmeister eine Ohrfeige, die ich heute noch spüre. Diesen Robert hatte ich mir zum Muster genommen; ich wollte ein Arzt werden wie er, der unentgeltlich heilte, aber noch viel tugendhafter als er. Wegen *Klara du Plessis und Klairant* versäumte ich meine Übersetzung im Döring und mußte die Bank hinunterrücken, und über *die Leiden der Hardenbergischen Familie* habe ich mehr geweint als später über meine eigenen. Ach, seitdem hat kein Kummer, noch so groß, mein Brot benetzt, wie damals die Tränen den Apfel benetzten, an dem ich lesend aß und den mir die Ohrfeige aus der Hand warf! Und jetzt! bin ich so glücklich, daß mir einer Ohrfeigen gibt, weil ich lese und liebe? Wer stört mich? doch still – ich verspreche es dir, guter Lafontaine, nie, nie will ich dich kritisieren!

II.

Kostbar ist ein Brief, den Goethe auf einer Reise nach der Schweiz aus Frankfurt an Schiller geschrieben. Wer ihn ohne Lachen lesen kann, den lache ich aus. Goethe, der an nichts Arges denkt und im Schoße des Friedens ruhig und guter Dinge lebt, entdeckt plötzlich in der Residenz seines Lebens deutliche Spuren von *Sentimentalität*. Erschrocken und argwöhnisch, wie ein Polizeidirektor, sieht er darin demagogische Umtriebe des Herzens – demagogische Umtriebe, die, als gar nicht *real*, sondern *nebulistischer* Natur, ihm noch verhaßter sein müssen als Knoblauch, Wanzen und Tabakrauch. Er leitet eine strenge Untersuchung ein. Aber – es war noch im achtzehnten Jahrhundert – nicht ohne alle Gerechtigkeit und bedenkend, daß ihm doch auf der ganzen Reise nichts, gar nichts *»nur irgend eine Art von Empfindung gegeben hätte«*, findet er, daß, was er für Sentimentalität gehalten, nur eine unschuldige wissenschaftliche Bewegung gewesen sei, die ein leichtes Kunstfieber zur Folge hatte. Die Gegenstände, welche das Blut aufgeregt, seien *symbolisch* gewesen. Für Zeichen dürfen sich gute Bürger erhitzen, aber nicht für das Bezeichnete. Darauf wird das Herz in Freiheit gesetzt, versteht sich gegen Kaution, und es wird unter Polizeiaufsicht gestellt. Doch will Goethe die Sache nicht auf sich allein nehmen; er berichtet an Schiller, als seinen Justizminister, darüber und bittet ihn gehorsamst, das *Phänomen* zu erklären. Schiller lobt Goethe wegen seiner Achtsamkeit und seines Eifers, beruhigt ihn aber und sagt, die Sache habe nichts zu bedeuten.

Dieser Kriminalfall ist wichtig, und ich wünschte, Jarke in Berlin behandelte ihn mit demselben Geiste, mit dem er in Hitzigs Journal Sands Mordtat besprochen.

Die Briefe ergötzen mich bloß, weil sie mir Langeweile machen. Etwas weniger langweilig, würden sie mich entsetzlich langweilen. Wären sie gefällig, was wär's? Schiller und Goethe! Aber daß unsere zwei größten Geister in ihrem Hause, dem Vaterlande des Genies, so nichts sind – nein, weniger als nichts, so wenig – das ist ein Wunder, und jedes Wunder erfreut, und wäre es auch eine Verwandlung des Goldes in Blei.

Wasser in Likörgläschen! Ein Briefwechsel ist wie ein Ehebund. Die Stille und die Einsamkeit erlaubt und verleitet viel zu sagen, was man andern verschweigt, ja was man mitteilend erst von sich selbst erfährt. Und was sagen sie sich? Was niemand erhorchen mag, was sie sich auf dem Markte hätten zuschreien dürfen.

Anfänglich schreibt Schiller: *»Hochwohlgeborener Herr, Hochzuverehrender Herr Geheimrat!«* Nun, diese Etikette hört freilich bald auf; aber es dauert noch lange, bis Schiller Goethes Hochwohlgeburt vergißt, und nur einmal in zehen Jahren ist er Mann genug, ihn *mein Freund, mein teurer Freund* zu nennen. Goethe aber vergißt nie seine Lehnsherrlichkeit über Schiller, man sieht ihn oft lächeln über dessen Zimmerlichkeit und ihn als einen blöden Buchdichter gnädig und herablassend behandeln. Er schreibt ihm: *mein Wertester, mein Bester.* Welch ein breites Gerede über Wilhelm Meister! *Quel bruit pour une omelette!* »Es sieht zuweilen aus, als schrieben Sie *für* die Schauspieler, da Sie doch nur *von* den Schauspielern schreiben wollen« – tadelt Schiller. Auch findet er unzart, daß Wilhelm von der Gräfin ein Geldgeschenk annimmt. Bei Goethe aber finden sich immer nur Maitressen oder *hommes entretenus;* wahre Liebe kennt er, erkennt er nicht und läßt sie nicht gelten. Der dumme Schiller! Ist nicht Wilhelm Meister ein bloßer Bürger, der keine Ehre zu haben braucht?

Mich ärgert von solchen Männern das pöbelhafte Deklinieren der Eigennamen. Sie sagen: die *Humboldtin,* sprechen von *Körnern, Lodern, Lavatern, Badern.* Auch bedienen sie sich, am meisten aber Schiller, einer zahllosen Menge von Fremdwörtern, und das ganz ohne Not, wo das deutsche Wort viel näher lag. *Stagnation, convenient, avanciert, incalculabel, Obstakeln, embarrassieren, retardieren, Desavantage, Arrangements, satisfeciert, Apercüs, Detresse, Tournüre, repondieren, incorrigibel.* Und solche Männer, die in ihren Werken so reines Deutsch schreiben! Ist das nicht ein Beweis, daß ihnen Leben und Kunst getrennt war, daß ihr Geist weit von ihrem Herzen lag?

Goethes Lieblingsworte sind: *heiter, artig, wunderlich.* Er fürchtet sogar sich zu wundern; was ihn in Erstaunen setzt, ist wunderlich. Er gönnt dem armen Worte die kleine Ehre der Überraschung nicht. Er scheut alle enthusiastischen Adjektive; – man kann sich so leicht dabei echauffieren.

Wie freue ich mich, daß der Konrektor Weber, der in den kalten Berliner Jahrbüchern den neuen Goethe mit brühheißem Lobe übergossen, nicht mehr in Frankfurt ist, sondern in Bremen vergöttert. Er ist ein starker, kräftiger Mann, und wenn er mich totschlagen wollte, ich könnte es ihm nicht wehren.

– – Mensch, du elender Sklave deines Blutes, wie magst du nur stolz sein? Du armes Schifflein auf diesem roten Meere, steigst und sinkst, wie es den launischen Wellen beliebt, und jede Blutstille spottet deiner Segel und deines Steuers! Der Puls ist der Hammer des Schicksals, womit es Könige und Helden schmiedet und Ketten für Völker und das Schwert, sie zu befreien, und große und kleine Gedanken und scharfe und stumpfe Empfindungen. Du König im Purpurkleide, wer kann dir widerstehen? ... War ich doch gestern weich wie Mutterliebe, und heute spotte ich die deutschen Götter weg und schnarche in ihren Tempeln!

III.

Ich lese in der Zeitung: *Prudhomme*, der älteste der französischen Journalisten, sei gestorben. Ich kannte diesen Mann, ich habe ihn oft besucht. Er sprach viel; aber weniger achtsam hörte ich auf das, was er sagte, als ich achtsam in seinem Gesichte las, das, kalt und grau wie ein Leichenstein, die verwitterte Inschrift trug: *gestorben 1794*. Im Anfange der Revolution schrieb er das meistgelesene, meistverbreitete Blatt, *l'ami du peuple*, das in eine gefährliche Oktavform die ungeheuersten Grundsätze zusammendrängte. Wie er mir erzählte, wurden vierzigtausend Exemplare davon verkauft. Wenn Prudhomme von jenen Tagen sprach, wo die Freiheit jung und er ein Mann in seiner Stärke war, flackerte sein niedergebranntes Auge hoch auf, und seine zerbröckelte Stimme bekam wieder Fülle und Kraft. Redete er aber von spätern und von den neuesten Zeiten, dann sprach er so müde, verdrossen und schläfrig, daß es unbehaglich war, ihn anzuhören. Von Freiheit in einer konstitutionellen Monarchie hatte er gar keine Vorstellung, er war ein absoluter Republikaner. Der republikanische Absolutismus ist noch verderblicher als der monarchische; man kann diesem durch Ruhe und Gehorsam ausweichen, jenem aber nicht; denn die Ruhe, eine Tugend des Untertanen, ist ein Verbrechen des freien Bürgers. Aber der Republikanismus ist verzeihlicher als der Monarchismus; denn bei ihm ist nur Wahn, was bei dem andern selbstbewußte Schuld ist. Die Franzosen waren nach einer langen Wanderung durch heiße, dürre Jahrhunderte an das wilde Meer der Freiheit gekommen. Durstig und verschmachtend stürzten sie sich mit glühenden Adern hinein, tranken, erkrankten und ertranken. Aber der Despotismus erhitzt sich durch schnöde Lust auch in der blühendsten Landschaft, leidet an unauslöschlichem Durste und trinkt und trinkt, bis er Blut trinkt.

Auf folgende Weise hatte ich die Bekanntschaft des Prudhomme gemacht. Im Herbste 1819 kam eines Tages ein Herr zu mir, der sehr leicht und windig aussah. Er freute sich ungemein, einen *publiciste distingué* und *spirituel* gleich mir kennenzulernen, und machte mir die Mitteilung, man wünsche ein neues Journal zu gründen, das ich redigieren solle, und fragte mich, ob ich dazu geneigt wäre? Der Herr schien mir sehr wenig Bildung zu haben, seine politische Religion kam mir nicht aufrichtig vor, und er war nicht arm, aber ärmlich gekleidet, was in Paris nicht ohne Bedeutung ist. Unter dem langen Mantel des Liberalismus glaubte ich den Pferdefuß der Polizei zu sehen. Das machte mir aber um so größern Spaß, mich mit ihm einzulassen. Ich sagte: so etwas würde ich mit Vergnügen übernehmen. Darauf erbot er sich, mich zu einem berühmten. Journalisten zu führen, mit dem ich mich über die Sache näher besprechen solle, und er brachte mich zu Prudhomme. Dieser bohrte funfzig, hundert Fuß tief in meine Brust hinab, als wollte er einen artesischen Brunnen graben, und meine Gesinnung sprang klar und hoch empor. Er fragte mich, in welchem Geiste ich das Blatt zu schreiben gedächte? ich erwiderte: in liberalem. Da schüttelte er den Kopf und meinte, das sei nicht bestimmt genug. Man müsse sich genauer verständigen und die Grundsätze nett aufstellen – *nett,* das war sein Wort. Aber von dieser Nettigkeit war ich ehrlicher Deutscher kein Freund, und in meinem Herzen gab ich das Unternehmen, womit es auch vielleicht nicht ernst gemeint war, gleich auf. Der Mann hatte eigentlich recht; ich verstand aber damals die Sache noch nicht. Die deutsche Ehrlichkeit ist groß, alt und unverwüstlich wie eine Pyramide; aber sie liegt in einer Wüste und ist die Wohnung des Todes. Der Deutsche denkt, auch im politischen Meinungsstreite käme es darauf an, für die Wahrheit zu kämpfen und das zu sagen, was man für recht und billig hält. Er vergißt ganz, daß es ein Krieg ist wie ein anderer und daß nicht genug sei, für die gute Sache zu kämpfen, sondern daß man auch für die Mitstreiter sorgen müsse. Diese müssen angeworben, versammelt, ausgerüstet, ermuntert und belohnt werden. Wir halten keine Partei. Der Franzose lobt und begünstigt jeden, der auf seiner Seite, und tadelt und beschädigt jeden, der ihm gegenüber steht. Hierdurch vermehrt und verstärkt er nicht bloß seine Partei, sondern er zwingt auch alle, die dieser heimlich entgegen sind, ihre Feindschaft offen zu erklären und selbst Partei zu bilden. Darum erreichen die Franzosen alles, und wir bringen es zu nichts. Eine Zeitung ist uns nur ein kritisches Blatt, für die politische Wissenschaft bestimmt. Eine politische Handlung, ein politisches Ereignis kritisieren wir wie ein Buch, ein für allemal, und schweigen dann still. Über die nämliche Sache täglich zu sprechen, das kömmt uns so langweilig und abgeschmackt vor, als wollten wir das nämliche Buch alle Tage von neuem rezensieren, und in unserer törichten Verblendung machen wir uns über die »*stereotype Polemik*« der französischen Journale lustig. Wir vergessen ganz, daß ein politisches Blatt eine Art Regierung übt, die nie stille stehen darf, wenn sie nicht gestürzt sein will. In solchen Irrtümern befangen war ich noch, als ich mit Prudhomme unterhandelte. Ich sagte: ich würde loben, was löblich, tadeln, was tadelnswert ist, und ich tat mir auf meine germanische Tugend viel zugut. Man verlangte aber von mir, daß ich unsere Freunde loben, unsere Feinde tadeln solle, sie möchten tun, was sie wollten – und man hatte recht. Ich war damals noch ein blutjunger Deutscher. Im Befreiungskriege mit tausend andern zu gleicher Stunde geboren, war ich *Tausendling* erst fünf Jahre alt. Ach, von allen den Tausendlingen bin ich einer der wenigen, die übriggeblieben und die ihre Zeit fortpflanzen werden! Es ist recht betrübt.

Ob ich nun zwar den Zeitungsplan gleich und Prudhomme mich bald aufgegeben hatte, verließ mich mein Journalmäkler und politischer Kuppler darum doch nicht. Er besuchte mich ferner und führte mich mehrere Male zu einem Restaurateur, wo er für mich zahlte. Ich ließ mir das alles sehr gut gefallen und schmecken. Eines Tages lernte ich bei Tische einen Deutschen kennen, mit dem ich mich unter andern auch von politischen Dingen unterhielt. Als dieser weggegangen war, machte mir mein Gastfreund die zärtlichsten Vorwürfe, daß ich so unvorsichtig sein könnte, an öffentlichen Orten, wo die Spione nie fehlten, über die Regierung zu sprechen. Es dürfte mich keineswegs sicher machen, wenn ich Deutsch spräche, denn es gäbe auch Spione, die Deutsch verständen. – Was! Spione unter den Deutschen! Deutsche unter Spionen! Das ist eine niederträchtige Verleumdung! – Ich hätte dem französischen Kerl die Flasche an den Kopf werfen mögen; aber gut, daß ich es nicht getan und daß ich diesen kleinen patriotischen Monolog bloß leise in mich deklamiert. Denn als ich einige Jahre später ein anderes Mal nach Paris gekommen, lernte ich manchen deutschen Spion kennen. Ein solcher, der mich oft besuchte, kam eines Tages zu mir, setzte sich vor dem Kamine nieder und wärmte sich behaglich. Er hatte kein Holz im Hause, er brauchte keines, weil er im Palais Royal Nr. 13, wo er spielte, Tag und Nacht freie Heizung hatte. Nachdem er sich durchwärmt, machte er ein kaltes Gesicht und sagte, er hätte etwas mit mir zu sprechen. Ich fiel ihm augenblicklich in das Wort und fragte ihn, ob er mir nicht auf kurze Zeit vierhundert Franken leihen könne? Ich wollte ihm nämlich zuvorkommen, weil ich vermutete, er habe die Absicht, Geld von mir zu borgen, ein Antrag, den ich in Paris oft zu erdulden hatte, ob er mich zwar nie erschütterte. Aber er erwiderte: *Geld haben* sei bei ihm ein Verbum, daß im Indikativ keinen Präsens habe, sondern bloß ein Perfektum und Futurum. Er komme, mir einen Vorschlag zu machen. Die französische Armee wäre gegenwärtig in Spanien beschäftigt, und es sei jetzt der günstigste Augenblick, etwas auszuführen. Es lebten in Paris dreißigtausend Deutsche, zumeist tüchtige Handwerkspursche – er vergrößerte die Zahl nach bekannter Art der Verschwornen, um mich zu locken und mir Mut zu machen. Wir, er und ich, wollten jetzt, da uns nichts hindern könne, an der Spitze der deutschen Handwerkspursche nach Deutschland ziehen und alles über den Haufen werfen, zuerst Preußen. Als ich merkte, daß er kein Geld von mir verlangte, sondern bloß meinen Beistand, Preußen zu erobern, erheiterte sich mein finsteres Gesicht, und ich antwortete ihm vergnügt: Der Einfall sei herrlich, ich wäre dabei; an gutem Erfolge sei nicht zu zweifeln, da unsere Handwerkspursche zu fechten gewohnt wären. Nur hätte ich jetzt unglücklicherweise einen starken Schnupfen, er solle einstweilen vorausziehen, ich würde mit der Mallepost nachkommen.

Stand dieser Narr und Schuft im Solde der französischen Polizei? Ich glaube es nicht; denn diese ist nicht so albern. Wahrscheinlich war er Spion einer deutschen Macht, die damals in Paris den Demagogen, oder die sie dafür hielt, sehr aufpaßte und manches schöne Tausend Taler auf solche Erbärmlichkeiten wendete.

IV.

Wie ich im Jahre 1819 veranlaßt worden, nach Paris zu reisen, welchen Eindruck diese schöne und merkwürdige Stadt damals auf mich gemacht und wie ich dort aufgenommen worden, das will ich auch niederschreiben, ehe es meiner Erinnerung entschwindet. Sind doch meine Angelegenheiten nicht bloß die meinigen; sind doch meine Gesinnungen die von Millionen andern, die froh sind, wenn sich ein Fürsprecher findet, der sie ausspricht. Wie Frösche, Spinnen, Hunde und die Tiere überhaupt der Natur näher stehen als der königliche Mensch auf seinem Throne und darum das Wetter, ja die bedeutendsten Veränderungen und Krankheiten der Natur inniger fühlen und, ehe sie noch eintreten, voraus empfinden und anzeigen: so gibt es auch Menschen, die gerade, weil sie niedrig stehen in der bürgerlichen Gesellschaft, mit der Geschichte inniger verbunden sind und die Witterung der Zeit, die Völkerstürme und Kriege von weiterer Ferne kommen sehen und sie früher fühlen, als es selbst die Herrscher, Vornehmen und Mächtigen vermögen, die, in ihrem Egoismus gefangen, nicht eher erfahren, was sich draußen begibt, als bis die Welt an den Pforten ihrer Selbstsucht pocht. Zu diesen Menschen gehöre ich auch. Was seit einer Reihe von Jahren mir geschah, geschah der Welt; was Staaten, Völkern, Fürsten begegnete, begegnete mir selbst. Die Geschichten betrafen mich nicht, sie brachten mir keinen Vorteil und keinen Schaden, sie erhoben mich nicht, warfen mich nicht um und rückten mich nicht vom Platze; aber ich spürte sie in meinen Nerven. Diese Sympathie gibt mir in politischen Dingen eine große Keckheit der Ansicht und einen Prophetenstolz, der mich lächerlich machen würde, wenn ihn die Leute kennten. Ich gehöre gerade nicht zu den Menschen, die sich auf ihren Verstand viel einbilden, ich halte mich für gar nicht pfiffig und gebe gern zu, daß jeder Schnurrjude mich zwanzig Male im Tage überlisten kann. Kömmt mir aber ein Minister und sagt, er wäre klüger als ich, so lache ich ihn aus. Seit funfzehn Jahren ist nichts geschehen, auch das Überraschendste nicht, das ich nicht vorhergewußt, das ich nicht vorhergesagt habe. Hätte ich meine Prophezeiungen dürfen drucken lassen, man würde mich angestaunt haben, ich wäre gewiß Hofprophet, vielleicht gar Simultanprophet der heiligen Allianz geworden, und diese hätte mich, um alles besser übersehen zu können, ohne Zweifel recht *hoch* plaziert. Den Tod der heiligen Allianz selbst hatte ich der Wäscherin eines Legationsrates auf das bestimmteste vorhergesagt und mich dabei nur um so viele Jahre geirrt, als sie früher gestorben, als ich erwartet hatte. Das habe ich getan; die Staatsmänner aber haben nichts vorhergewußt. Dieses schließe ich nicht daraus, daß sie nicht davon gesprochen, keineswegs; denn sie verschweigen nicht bloß, was sie nicht wissen, sondern auch sehr oft, was sie wissen. Ich schließe es daraus: weil so manches unsern Ministern

Verderbliche und Verhaßte, das eingetroffen, durch ihre tätigen Mittel und Ratschläge gerade herbeigeführt worden.

Minister sollten *feine* Kanaillen sein, die den Mantel nach dem Winde hängen; aber so sind unsere nicht. Sie sind vielmehr halsstarrige Catonen, die lieber das Dach über sich zusammenstürzen lassen, als daß sie baufällige Grundsätze räumten. Sie machen sich über die politischen Schwärmer und deren Buchprinzipien lustig und haben keine Ahndung davon, daß sie selbst solche Schwärmer und Ideologen sind, nur darin verschieden, daß sich jene für neue, sie selbst aber sich für alte Ideen begeistern. Welche Schwärmerei ist aber die gefährlichste, welche wird schlimmer getäuscht? Zukunft und Vergangenheit sind beide Nichtexistenzen; doch was nicht *ist,* kann werden, was *war* ist es für immer gewesen. Man kann einen Menschen, der noch nicht lebt, machen; aber einen Menschen, der gelebt hat, ruft keine Kunst, schleppt keine Gewalt aus dem Grabe zurück. Und wenn auch unsere Staatsmänner einmal erkennen, was die Zeit will und daß sie darf und kann, was sie will, so macht sie das in ihrer Handlungsweise doch nicht klüger. Dem Unvermeidlichen suchen sie so lange als möglich auszuweichen, denn sie meinen: Zeit gewonnen, alles gewonnen. Aber verliert denn der Feind die Zeit, die ihr gewinnt? Der junge Löwe wächst im Käfig wie im Freien, und kömmt einmal der Tag, daß ihr ihm die Türe öffnen müßtet, dann springt er um so größer, um so stärker, um so grimmiger heraus und wird es euch wahrlich nicht danken, daß ihr die Wärter seiner Jugend waret.

Was ist seit funfzehn Jahren durch unsere weisen Staatsmänner, diese Hochschüler der französischen Revolution, die beim Examen alle durchgefallen und keine Doktoren wurden, nicht alles Tolles geschehen! Sie haben Napoleon gestürzt – nicht im Rausche des Sieges, unter dem Durste der Rache, nicht von der günstigen Gelegenheit überrascht; nein, sie hatten zwei Jahre Zeit, zur Besonnenheit zurückzukehren, und sie ließen ihn untergehen. Ich hatte ihnen alle mögliche Unklugheit zugetraut, aber das überflügelte meine Einbildungskraft; es ist das Märchen von der Dummheit. Napoleon war *der letzte Monarch,* mit ihm ist die monarchische Regierungskunst ausgegangen, und jetzt herrschen die Naturelemente der bürgerlichen Gesellschaft so demokratisch, als es ein Jakobiner nur wünschen mag.

Griechenland ist frei, seine Freiheit und Unabhängigkeit sind anerkannt, und dieses haben die Griechen am meisten den Leidenschaften ihrer Gegner zu verdanken. Diejenige Macht, welche Rußlands Vergrößerung und darum den Sturz des türkischen Reiches am meisten fürchtet, hat am meisten getan, jene und diesen herbeizuführen. Sie intrigierten, sie zögerten, sie haben Zeit gewonnen. Der russisch – türkische Krieg hat den irländischen Katholiken und englischen Juden die Emanzipation und den Venetianern ihren Freihafen verschafft, welches letztere auch seine eigenen Folgen haben wird. Don Michel wurde belohnt und angetrieben, die Konstitution des Landes umzustoßen; ja, hätte ein Schneidergeselle die portugiesische Krone gestohlen – gegen das Versprechen, keine Freiheit aufkommen zu lassen, hätte man sie ihm auch verbürgt. Wenn aber Don Michel, was Gott, verstatten möge, noch zwei Jahre regiert, und wenn der geflickte König von Spanien seinen absoluten Thron noch zwei Jahre von Straßenräubern bewachen läßt, dann wird der konstitutionelle Geist in der Halbinsel größere Fortschritte gemacht haben, als es in zehen Jahren unter der Herrschaft der Cortes geschehen wäre. Tyrannen sind in unsern Tagen die gefährlichsten Freiheitsprediger. Und so findet sich – wie wunderbar! daß gerade diejenige Macht, die seit vierzig Jahren alles, was die Farbe der Freiheit trägt, mit düsterem, glühenden Hasse verfolgt, daß gerade sie für deren Entwickelung und Befestigung am meisten getan. Wir wollen unsere Feinde lieben, unsere Freunde haben uns oft beschädigt.

Wer *Gesichte* haben will, darf nicht sehen; der äußere Sinn tötet den innern. Die Staatsmänner wissen und sehen nichts voraus, weil sie zu viel wissen, sehen und hören. Sie bekümmern sich zuviel um das Einzelne, besonders um die *Einzelnen.* Das Trommeln und Schießen unserer kriegerischen Zeit betäubt die Horchenden; der Harthörige hört unter Geräusch am besten. *Hardenberg,* der einzige liberale Staatsmann; den Deutschland seit funfzehen Jahren hatte, war *taub.* Das hat wahrhaftig seinen Zusammenhang. Hardenberg war ein guter Staatsmann, weil er nicht zum Polizeiminister taugte. Die Polizei! Die Polizei!

V.

Schiller wünscht die Chronologie von Goethes Werken zu kennen, um daraus zu sehen, wie sich der Dichter entwickelt habe, welchen Weg sein Geist gegangen sei. Er spricht von dessen *analytischer Periode*. Ihm wird die gebetene Belehrung, und darauf anatomiert er seinen hohen Gönner kalt wie ein Prosektor, aber bei lebendigem Leibe, und hält ihm, unter dem Schneiden, Vorlesungen über seinen wundervollen Bau. Goethe verzieht keine Miene dabei und erträgt das alles, als ginge es ihn selbst nichts an. Er schreibt seinem Zergliederer:

»Zu meinem Geburtstage, der mir diese Woche erscheint, hätte mir kein angenehmeres Geschenk werden können als Ihr Brief, in welchem Sie mit freundschaftlicher Hand die Summe meiner Existenz ziehen.« Und jetzt bittet er Schiller, ihn auch mit dem Gange *seines* Geistes bekannt zu machen. Das alles ist um aus der Haut zu fahren! Freilich hat das Genie seine Geheimnisse, die wir anderen nicht kennen, noch ahnden. Aber ich hätte es nicht gedacht, daß es Art des Genies wäre, so sich selbst zu beobachten, so sich selbst nachzugehen auf allen Wegen, von der Laufbank bis zur Krücke. Ich meinte, das wahre Genie sei ein Kind, das gar nicht wisse, was es tut, gar nicht wisse, wie reich und glücklich es ist. Schiller und Goethe sprechen so oft von dem *Wie* und *Warum,* daß sie das *Was* darüber vergessen. Als Gott die Welt erschuf, da wußte er sicher nicht so deutlich das Wie und Warum, als es Goethe weiß von seinen eigenen Werken. Wer göttlichen Geistes voll, wer, hineingezogen in den Kreis himmlischer Gedanken, sich für Gott den Sohn hält – weicht auch die feste Erde unter seinen Schritten –, der mag immer gesund sein, nur verzückt ist er. Aber für Gott den Vater? Nein. Das ist Hochmut in seinem Falle, das ist Blödsinn. Nichts ist beleidigender für den Leser als eine gewisse Ruhe der schriftstellerischen Darstellung; denn sie setzt entweder Gleichgültigkeit oder Gewißheit zu gestalten voraus. So mit dürrem Ernste von sich selbst zu reden, ohne Eigenliebe, ohne Wärme, ohne Kindlichkeit, das scheint mir – ich mag das rechte Wort nicht finden. Wie ganz anders Voltaire! Seine Eitelkeit macht uns ihm gewogen. Wir freuen uns, daß ein Mann von so hohem Geiste um unser Urteil zittert, uns schmeichelt, zu gewinnen sucht.

Die Liebe hat die Briefpost erfunden, der Handel benutzt sie. Schiller und Goethe benutzen sich als Bücher; es ist eine didaktische Freundschaft, ein wechselseitiger Unterricht zwischen ihnen. Unsere beiden Dichter haben eigentlich ganz verschiedene Mutter sprachen. Freilich versteht jeder auch die des andern, soviel man sie aus Buch und Umgang lernen kann; aber Goethe macht sich's wie ein Franzose immer bequem und redet mit Schiller seine eigene Sprache, und Schiller, als gefälliger Deutscher, spricht mit dem Ausländer seine ausländische. Von ihrer Freundschaft halte ich nicht viel. Sie kommen mir vor wie der Fuchs und der Storch, die sich bewirten: der Gast geht hungrig vom Tische, der Wirt, übersatt, lacht im stillen. Doch kommt Storch Schiller besser dabei weg, als Fuchs Goethe. Ersterer kann in Goethes Schüssel sich wenigstens seinen spitzen idealen Schnabel netzen; Goethe aber, mit seiner breiten realistischen Schnauze, kann gar nichts aus Schillers Flasche bringen. Goethe schreibt: »Ich bin jetzt weder zu Großem noch zu Kleinem nütze und lese nur indessen, um mich im Guten zu erhalten, den Herodot und Thukydides, *an denen ich zum ersten Male eine ganz reine Freude habe, weil ich sie nur ihrer Form und nicht ihres Inhalts wegen lese*«. Bei den Göttern! Das ist ein *Egoist,* wie nicht noch einer! Goethe ummauert nicht bloß *sich,* daß ihn die Welt nicht überlaufe; er zerstückelt auch die Welt in lauter Ichheiten und sperrt jede besonders ein, daß sie nicht heraus könne, ihn nicht berühre, ehe er es haben will. Hätte er die Welt geschaffen, er hätte alle Steine in Schubfächer gelegt, sie gehörig zu *schematisieren;* hätte allen Tieren nur leere Felle gegeben, daß sie Liebhaber ausstopfen; hätte jede Landschaft in einen Rahmen gesperrt, daß es ein Gemälde werde, und jede Blume in einen Topf gesetzt, sie auf den Tisch zu stellen. Was in der Tat wäre auch *nebulistischer,* als das unleidliche Durcheinanderschwimmen auf einer Wiese! Goethes Hofleute bewundern das und nennen es *Sachdenklichkeit;* ich schlichter Bürger bemitleide das und nenne es *Schwachdenklichkeit.* Alle Empfindungen fürchtet er als wilde mutwillige Bestien und sperrt sie, ihrer Meister zu bleiben, in den metrischen Käfig ein. Er gesteht es selbst in einem Kapitel der Wahrheit aus seinem Leben, daß ihn in der Jugend jedes Gefühl gequält habe, bis er ein Gedicht daraus gemacht und so es los geworden sei. Bewahre der gute Gott mich und meine Freunde, daß wir nicht jeden Zug des Herzens als ungesunde Zugluft scheuen! Lieber nicht leben, als solch einer hypochondrisch – ängstlichen Seelendiät gehorchen! Tausendmal lieber krank sein!

Goethe *diktiert* seine Briefe auch aus Objektivsucht. Er fürchtet, wenn er selbst schriebe, es möchte etwas von seinem Subjekte am Objekte hängen bleiben, und er fürchtet Sympathie wie ein Gespenst. Er lebt nur in den Augen: wo kein Licht, ist ihm der Tod. Das Licht zu schützen, umschattet er es. Was ist Form? Der Tod der Ewigkeit, die Gestalt Gottes ... Ist Goethe glücklich zu nennen? Er ist so arm und so allein! Ihm kommt jeder Wunsch erst nach dessen Erfüllung, er begehrt nur, was er schon besitzt. Aber die Welt ist groß und der Mensch ist klein; er kann nicht alles fassen. Nur die Sehnsucht macht reich, nur die Religion, die, uns der Welt gebend, uns die Welt gibt, tut genug. Ich möchte nicht Goethe sein; er glaubt nichts, nicht einmal, was er weiß.

Ein Narr im *Gesellschafter* oder in einem andern Blatte dieser Familie ließ einmal mit großen Buchstaben drucken: *Goethe hat sich über die französische Revolution ausgesprochen.* Es war ein Trompetenschall, daß man meinte, ein König würde kommen, und es kam ein Hanswurst. Und doch wäre Goethe, gerade wegen seiner falschen Naturphilosophie, der rechte Mann, die französische Revolution gehörig aufzufassen und darzustellen. Aber er haßte die Freiheit so sehr, daß ihn selbst seine geliebte Notwendigkeit erbittert, sobald sie ein freundliches Wort für die Freiheit spricht. Er schreibt an Schiller: »Ich bin über des *Soulavie mémoires historiques et politiques du règne de Louis XVI.* geraten .... Im ganzen ist es der ungeheure Anblick von Bächen und Strömen, die sich nach Naturnotwendigkeit von vielen Höhen und vielen Tälern gegeneinander stürzen und endlich das Übersteigen eines großen Flusses und eine Überschwemmung veranlassen, in der zugrunde geht, wer sie vorhergesehen hat, so gut als der sie nicht ahnete. Man sieht in dieser ungeheuren Empirie nichts als Natur und nichts von dem, was wir Philosophen gern Freiheit nennen möchten.«Goethe, als Künstler Notwendigkeit und keine Freiheit erkennend, zeigt hier eine ganz richtige Ansicht von der französischen Revolution, und ohne daß er es will und weiß, erklärt er sie nicht bloß, sondern verteidigt sie auch, die er doch sonst so hasset. Er hasset alles *Werden,* jede *Bewegung,* weil das Werdende und das Bewegte sich zu keinem Kunstwerke eignet, das er nach seiner Weise fassen und bequem genießen kann. Für den wahren Kunstphilosophen aber gibt es nicht Werdendes noch Bewegtes; denn das Werdende in jedem Punkte der Zeit, das Bewegte in jedem Punkte des Raumes, den es durchläuft, *ist* in diesem Punkte, und der schnelle Blick, der ein so kurzes Dasein aufzufassen vermag, wird es als Kunstwerk erkennen. Für den wahren Naturphilosophen gibt es keine Geschichte und keine Gärung; alles ist geschehen, alles fest, alles erschaffen. Aber Goethe hat den Schwindel wie ein anderer auch, nur weiß er es nicht, daß das Drehen und Schwanken in der Vorstellung liegt und nicht in dem Vorgestellten.

VI.

Das Lumpengesindel von Zeitungsschreibern hat sich durch unaufhörliches Sprechen von hohen, höchsten und allerhöchsten Personen so verwöhnt, daß sie das Wort *hoch* ohne Unterscheidung auch bei jeder andern Dimension anwenden. Es gibt für sie keine Flächengröße, keine kubische, sie kennen nur eine vertikale. Sie reden von *hoher,* statt von *großer* Wichtigkeit; sie sagen *hoch* – wichtig statt *sehr* wichtig. Sie sagen von einer Burg, sie sei *tief*romantisch gelegen. O, das ist *hoch*dumm! Sie sagen auch *tief*blau statt *dunkel*blau. Ich glaube, Fouqué hat das erfunden. Gut für Fouqué: das ist seine Feudomanie. Die Lehensherrlichkeit des Hellblau über Dunkelblau wird freilich hochsinnig dadurch bezeichnet. Aber was geht das die anderen bürgerlichen Schrift – steller an? Warum ahmen sie ihn nach?

Der Berliner Korrespondent der Allgemeinen Zeitung – liest man seine Berichte, ist es gerade, als wollte man ins Wasser beißen: es sind zarte *méringues à la crème,* die man mehr trinkt als ißt – sagte neulich einmal: *Man spricht in den höhern Zirkeln von einem höchsten Reiseprojekt nach dem Norden.* Das will ich alter Primaner ins Französische übersetzen. Meidinger hilf!

Hoch, *haut.* – Höher, *plus haut.* – Der Höchste, *le plus haut.* – In höheren Zirkeln, *dans les plus hauts cercles.* Ich fürchte aber sehr, das ist falsch! Soviel ich mich aus den Zeiten Robespierres erinnere, wird, um im Französischen den Superlativ zu bilden, der Artikel vor den Komparativ gesetzt; *dans les plus hauts cercles* hieße also nicht in den höhern, sondern in den höchsten Zirkeln. Wie bringe ich aber das *höher* heraus? Ich weiß nicht. Zwar könnte ich mir helfen, wenn ich statt *hauts cercles: cercles élevés* sagte; das würde mir aber schöne Händel zuziehen. Denn wenn man meine französische Übersetzung wieder zurückübersetzte ins Deutsche – und es gibt oberflächliche Menschen genug, welche niemals die Quellen studieren –, würde *cercles élevés* heißen: *erhabene* Zirkel. Bewahre mich Gott; das hieße ja so viel als Zirkel von fürstlichen Personen! Es ist eine kitzliche Sache. Still! Ich bin dabei, ich sage: *cercles qui sont plus que hauts.* Bravo! ... Spaßhaft bleibt es, daß hier im Deutschen der Komparativ *höher* weniger ausgedrückt als der Positiv hoch, denn wenn der Berliner Allgemeine, statt in höhern Zirkeln, in hohen Zirkeln geschrieben hätte, so würde das bedeuten: ein Zirkel von wenigstens Ministern.

Nun weiter. Ein hohes Reiseprojekt – *un haut projet de voyage.* Ein höchstes Reiseprojekt – *un plus haut projet de voyage.* Das hieße aber ein *höheres* Reiseprojekt. Wie mache ich den Superlativ? Halt, so geht's. Ich sage: *un projet de voyage l'un des plus hauts.* Also im ganzen: *On parle dans les cercles qui sont plus que hauts d'un projet de voyage l'un des plus hauts au nord.*

Es ist mir sauer geworden, ich habe aber auch ein feines Stück Arbeit zustande gebracht. Wenn man sich auch im Himmel zankt, was ich sehr vermute, werden sich die Manen meiner beiden Lehrer der französischen Sprache um den Ruhm ihres irdischen Schülers streiten. Der eine war ein hochbejahrter deutscher Jude, Namens Wolf, den man, weil er in seiner Jugend einige Jahre Bambusrohre auf dem *Pontneuf* verkaufte, *Wolf Pariser* nannte. Bald vierzig Jahre sind darüber hingegangen, und noch erinnere ich mich wie von gestern, welche Mühe sich der alte Pariser gegeben, mir die richtige Aussprache des *ille in canaille, bataille, oreille* beizubringen. Endlich gelang es ihm. Ich sprach *oreille* ganz genau aus wie er selbst, nämlich *orehgelje*. Viele, viele Jahre sagte ich nicht anders als *orehgelje*. Da ging ich einmal im Bade Ems drei Tage mit einem Diplomaten um, der selbst *oreille* vom Kopf bis zu den Füßen, mir die echte Aussprache dieses intriganten Wortes beibrachte. Nur drei Tage dauerte unsere Freundschaft, die reiche Ernte aber entschädigte mich für den kurzen Sommer. Ich trug damals, wie ich es noch trage, ein schwarzes grünbesäumtes und mit einem goldenen Schnällchen geziertes Band, das, um Hals und Brust hängend, die Uhr in der Westentasche festhielt. War es Zufall, kränkliche Eitelkeit oder gesunde Badepolitik, – das Band mit dem Schnällchen hatte einen solchen Wurf und Hang, daß, wenn der Rock das halbe Geheimnis verhüllte, es einem Ordensbande glich. Der Diplomat merkte es, suchte meine Bekanntschaft mit großem Eifer und machte sie mit vielem Vergnügen. Drei Tage waren wir unzertrennlich und liebten uns ordensbrüderlich. Aber am dritten Tage knüpfte ich meinen Rock auf und zog die Uhr hervor, um zu sehen, ob die Stunde sei, an den Brunnen zu gehen. Da entdeckte der Diplomat, daß mein Ordensband nichts anderes sei als ein seidener Galgenstrick, woran meine goldene Zeit zappelte. Er verließ mich auf der Stelle, sprach, sah, hörte mich nicht mehr; doch, um nicht gar zu grob zu sein, wich er mir soviel als möglich aus. Der Diplomat war ein Graf, dick, und ich kann es nicht leugnen, er hatte nicht bloß Leibeigene, sondern auch schöne Kenntnisse. Seine Dicke, die ihm das Gehen sauer machte, gab mir Gelegenheit, mich an ihm zu rächen. Jeden Mittag nach dem Essen, wenn sich die Kurgäste zum Kaffee im Garten versammelten, setzte ich mich an den Tisch, der unter einer schattigen Linde und auf welchem das Windlicht stand, das zum Anbrennen der Pfeifen bestimmt war. Sobald nun der Graf in den Garten trat, gegen dessen Eingang ich mit dem Rücken gekehrt saß, nahm er eine Zigarre zwischen Daumen und Zeigefinger und watschelte dem Leuchtertische zu. Kaum aber erkannte er mich, kehrte er wieder um und machte, um Feuer in der Küche zu suchen, einen Weg von dreißig schattenlosen Schritten. Vierzehn Tage lang mußte er wegen der optischen Täuschung mit dem Uhrbande schwer büßen. Ich lachte weniger, als er schwitzte, denn wahrhaftig, er dauerte mich.

Mein zweiter französischer Sprachlehrer hieß *Marx* und war ein emigrierter Geistlicher. Er bekümmerte sich wenig darum, wie ich *canaille* aussprach; aber *Voltaire, Voltaire* – dieses Wort konnte ich richtig sprechen lernen; denn es füllte fast die ganze Lehrstunde aus. Jeden Fluch, jede Schande, jedes Verderben häufte er auf diesen Mann, und der gute alte Mann vergaß ganz in seinem Zorne, daß er mit einem achtjährigen Knaben sprach, der damals von Voltaire noch gar nichts und von der französischen Revolution nicht mehr wußte, als noch heute mancher graue Staatsmann weiß. Ich hatte von alten Kinderfrauen viel vom Kopfabhacken sprechen hören, und Revolution und Kopfabhacken war mir gleichbedeutend. Ich machte mir eine Guillotine aus Kartenblättern und köpfte als ein blutjunger Samson manche aristokratische Fliege, die des Zuckernaschens verdächtig war. Guter Marx, wie wirst du erstaunt und erschrocken sein, als du auch Voltaire im Paradiese fandest! Mit welcher Gebärde des Unmuts wirst du gefragt haben: wo ist denn die Hölle? ... Da nahte sich ein Engel des Lichts dem Throne Gottes und flehte: er ist soeben erst angekommen.

Wieder zu Ihnen, mein zarter Berliner. Wenn Sie mir gütigst erlauben wollten, Sie einmal wacker durchzuprügeln, das würde mich ungemein erheitern. Hätten Sie mir nicht alle diese saure Mühe, all dieses naseweise Geschwätz ersparen können, wenn Sie, statt von *einem höchsten Reiseprojekt nach dem Norden* zu reden, gesagt hätten: man spricht davon, *der Kronprinz, werde nach Petersburg* reisen? Glauben Sie denn, wir wüßten solche Zeitungsrätsel nicht zu lösen? O, wir Bürgerlichen haben auch Verstand! Erst kürzlich las ich im »*Ausland*« – eigentlich sollte es das Inland heißen, denn das Ausland ist das Inland der Deutschen, nur dort haben sie Bürgerrechte, in ihrem Vaterlande aber müssen sie sich, wie es Fremden gebührt, bescheiden nach den Gesetzen des Landes richten, müssen sehen, hören und schweigen – ich las: "*Von dem Tode des Kaisers P. von R.*" Was helfen aber die Punkte? Es dauerte keine acht Tage und ich hatte es herausgebracht, daß von dem Tode des Kaisers *Paul von Rußland* die Rede sei. In dem nämlichen Zeitungsberichte, o Allgemeiner! worin Sie von höhern Zirkeln und dem höchsten Reiseprojekte sprechen, erzählen Sie auch: das Berliner *Publikum* beschäftige sich viel mit den religiös – mystischen Umtrieben in Halle. Hier sagen Sie *Publikum,* denn Sie halten die Theologie für eine pöbelhafte Angelegenheit, die dem Publikum gehöre, ein höchstes Reiseprojekt aber, meinen Sie, sei ein großes eleusinisches Geheimnis, das nur in den höhern Zirkeln des Adels besprochen werden dürfe.

Ich bin nur froh, daß nicht der König selbst nach Petersburg zu reisen gedenkt; denn alsdann hätten Sie von einem *allerhöchsten* Reiseprojekt gesprochen, und damit hätte weder Meidinger noch Mozin, noch der Teufel selbst fertig werden können. Als die französische Sprache erfunden worden, da lebten die Franzosen noch im rohen Zustande der Natur, sie waren Wilde und Tieren ähnlicher als Menschen. Damals gab es noch nichts in in der Welt, was *allerhöchst* gewesen, nicht einmal Gott war es, denn – sagen die Druiden – Gott ist der Höchste; höher als das Höchste aber ist eine Unmöglichkeit. Nun ist zwar seitdem auch in Frankreich Gott herabgesunken und der Mensch gestiegen, und der Thronhimmel wurde höher hinaufgeschraubt als Gottes Himmel. Aber die allzu fertigen Franzosen haben ihre Sprache zu schnell unter Dach gebracht, und jetzt haben die Unbesonnenen kein Wort für *Allerhöchst*. Wir Deutsche sind vorsichtiger gewesen. Wir ließen, um zu keiner Zeit bei unserm Hoch – und Höherbau gehindert zu sein, lieber in unsere Sprache hineinregnen und – schneien, ehe wir sie bedeckten, und so blieben wir auf alle Ereignisse gefaßt. Sollte einmal ein König der Könige sich erheben, ein zweiter Napoleon, aber ein legitimer, für den *Allerhöchst* zu wenig wäre und dem wir Komplimentenpriester ein *Aller – Allerhöchst* verehren möchten – das würde uns nicht in die geringste Verlegenheit setzen; wir wären mit unserer Deklination des Aller – Allerhöchsten gleich bei der Hand.

Aller-Allerhöchstdieselben.
Singularis.
vacat.
Pluralis.

Nom. Aller-Allerhöchstdieselben. *Gen.* Aller-Allerhöchstderselben. *Dat.* Aller-Allerhöchstdenselben. *Acc.* Aller-Allerhöchstdieselben. *Voc.* O Aller-Allerhöchstdieselben! *Abl.* Aller-Allerhöchstdenselben.

VII.

Soden, den 6. Mai

Worte! – Und nur Worte? Gibt es denn etwas, das furchtbarer, das kriegerischer wäre als Worte? Die höchsten Wälle hat man erstürmt, die stärksten Mauern hat man umgeworfen, aber was sich hinter dem Worte verschanzt, das ist sicher und verhöhnt euer ohnmächtiges Toben: nur das alles zerwitternde Jahrtausend zerstört diese Feste. Das Wort ist der Zauberharnisch, mit dem bedeckt der Feige dem Tapfern trotzt; nie treffet ihr das Herz, ehe ihr nicht die eiserne Brust zerschlagen.

Gestern die Theorie, heute die Praxis. O! diesmal werden mir auch die Philister recht geben; denn wenn der Deutsche hungert, hat er Mut und spricht, wie er es denkt.

Der Wagen stand vor der Türe, um gepackt zu werden, und zum Tische war nichts vorbereitet. Ich rechnete darauf, bei einer Freundin zu essen, die in meiner Nachbarschaft wohnt. Ich schickte meinen Bedienten hinüber und ließ mich melden; aber er brachte mir die Antwort zurück: Madame bedaure unendlich, nicht das Vergnügen haben zu können, ihr Mann sei verreist. Zu jeder andern Zeit wäre mir diese Scheu, mit mir allein zu sein, schmeichelhaft gewesen; aber ich hatte Hunger, brummte, zermalmte einen trocknen Zwieback und fuhr fort.

Den Abend kam eine gemeinschaftliche Freundin heraus, die mir mein Fasten erklärte. Mein sehr höflicher Bedienter hatte der Dame die schönsten Komplimente von seinem Herrn gebracht und ihr ausgerichtet: »sie (mit dem kleinen s) möchten bei *Ihnen* (mit dem großen I) zu Mittag essen«. Die Dame aber hatte gehört: »Sie (mit dem großen S) möchten bei ihnen (mit dem kleinen i) essen«, und da ihr Mann abwesend war, konnte sie natürlich die Einladung nicht annehmen.

O Ihr, Ihr! wenn ich nicht zornig wäre, wie wollte ich grob sein – das kommt dabei heraus, daß ihr Hochdiener und Plusmacher mit eurer verdammten Kriecherei und Untertänigkeit aus einem Menschen, der oft nicht einmal ein ganzer ist, viele macht!

– Als ihr hier angekommen, suchte ich gleich hinter den Häusern den blühenden Frühling; aber ich fand ihn nicht mehr. Es ist ein Wettlauf zwischen Blumen und Mädchen: wer ist schneller? Als Knabe sah ich stundenlang nach dem Himmel, einen Stern fallen zu sehen. Ich atmete – der Stern *war* gefallen; fallen sah ich ihn nie.

VIII.

Soden, den 9. Mai

Ich bin erst drei Tage hier, und schon ist mir die Zeit über den Kopf gewachsen. Lang, lang, lang! Ich war der erste und bin noch der einzige Brunnengast; ich bin der Kurfürst von Soden. In einigen Wochen nennt man mich den Nestor unter den Kurgästen. Doch was wird mir das nützen bei den künftigen Damen, flösse mir auch die Weisheit süß wie Honig von den Lippen? Man kann, gleich Mahomet, noch im vierzigsten Jahre ein Held werden und Länder erobern; aber nach der Ansicht aller weiblichen Historiker endet das heroische Zeitalter der Männer mit dem dreißigsten Jahre. Schlimm! Ich werde ein geistlicher Kurfürst bleiben.

Aus meinem Fenster übersehe ich den *Hof,* und zwar genauer und besser als andere Fürsten den ihrigen, und ich erfahre alles, was darin vorgeht, ganz der Wahrheit gemäß. Er hat einen großen Vorzug vor dem alten Hofe von Versailles: dieser hatte nur ein *Oeil de boeuf,* meiner aber hat viele. Er besteht übrigens, wie gewöhnlich, aus wenigen Menschen und zahlreichem Vieh. Unser Hofleben ist keineswegs ohne Abwechslung; außer dem Alltäglichen geschieht auch täglich etwas Neues. Ich passe sehr auf und werde, gleich St. Simon, Memoiren schreiben.

Gestern in der Nacht war der Hof sehr unruhig. Das große Tor wurde auf – und zugeschlossen, es wurde geschrieen und geflüstert, und viele Menschen gingen mit Lichtern hin und her. Ich konnte erst spät einschlafen. Heute morgen erfuhr der Hof und zwei Stunden nachher das Dorf die höchst erfreuliche Nachricht, daß kurz vor Mitternacht die Kuh glücklich gekalbt habe. Die hohe Kalbbetterin befindet sich so wohl, als es unter solchen Umständen möglich ist. Es ist keine Schmeichelei, wenn ich sie die *hohe* nenne. Sie ist eine Schweizerkuh und so hoch und stattlich, als mir je eine vorgekommen; sie ist die Königin des Stalles. Ich wurde ihr gestern nach dem Diner von der Viehmagd präsentiert. Ich begnügte mich, sie zu bewundern, sprach aber nicht mit ihr, da sie nicht mit mir zu reden anfing. Mir fiel zu rechter Zeit ein, was vor zwanzig Jahren an einem Hofe, der später im Brande von Moskau zerstört worden ist, einem ehrlichen Deutschen von meinen Bekannten begegnet ist. Er wurde der Königin präsentiert, machte die üblichen drei Bücklinge und begann seine wohleinstudierte Rede mit sanfter Stimme herzusagen. Da trat der Zeremonienmeister hervor, fiel ihm in das Wort und sagte zurechtweisend: *on ne parle pas à la reine!* Daran dachte ich im Stalle.

Heute früh fand ein Zweikampf zwischen einer Hofgans und einer aus dem Dorfe statt, die, obzwar nicht hoffähig, sich eingedrungen hatte. Die Hofgans packte die Zudringliche am Flügel, diese machte es ebenso mit ihrer Gegnerin, so daß die beiden zusammen ein Oval bildeten. Sie drehten sich einander festhaltend im Kreise herum und walzten auf diese Weise, Brust an Brust gelehnt, Haß atmend, miteinander. Der Staub wurde aufgewühlt, die Federn stoben. Der Kampf dauerte über eine Viertelstunde lang. Endlich mußte die eitle Bauerngans, tüchtig gerupft, mit Schmach bedeckt und von Spott verfolgt, die Flucht ergreifen. Die übrigen Hofgänse hatten natürlich die Partei ihrer Standesgenossin genommen. Es war ein Geschnatter, ein Gepfeife und ein Flügelschlagen, daß es gar nicht zu beschreiben ist. Besonders zeichnete sich eine alte Gans mit gelbem Halse durch ihre Heftigkeit und Bosheit aus; sie schnaufte vor Wut und kam dem Ersticken nahe. Sie schnatterte dabei mit solchen ausdrucksvollen Gebärden, daß ich, ob mir zwar die Gänsesprache fremd ist, jedes ihrer Worte verstehen konnte. Sie sagte: – versteht sich auf französisch denn eine Hofgans wird sich wohl hüten, anders als französisch zu schnattern – »*Ces petites villageoises effrontées avec leur petite mine de grands écus se glissent partout. Bientôt nous autres gentiloies n'aurons guères de privilèges ici, et la haute basse – cour sera aussi sale qu'une borne de rue. Violà les beaux fruits de la moderne philosophie! Voilà les funestes effets du libéralisme caressé par des pieds royaux! Notre gracieux maître le taureau a toujours été sourd aux sages remontrances de ses vieilles et fidèles servantes. Il est cosmopolite et philozone et court après les jeunes idées. Il périra et entraînera dans sa chûte, le trône, l'autel et la vieille volaille!* –« Eine junge Gans, die hinter der alten stand, als diese sich so ereiferte, machte einen spöttischen Schnabel und kicherte verstohlen. Weil sie jung war, fürchtete sie *jeunes idées* nicht, und sie war darum weniger aristokratisch.

Was man sich seit einigen Tagen zugeflüstert, ist endlich laut und kund geworden: Der Hofhund ist in Ungnade gefallen und hat seine Stelle verloren. Seine Knochen bezieht er als Pension fort und kann sie verzehren, wo er will. Man begreift nicht, was er in seinem Amte verschuldet haben kann. Er hatte nichts zu tun, als, so oft einer kam und ging, zu bellen und jeden Ein – und Austretenden einige Schritte zu begleiten. Er war gleichsam ein Oberzeremonienmeister. Einige behaupten, er habe ein Hühnchen gebissen; andere sagen, er sei der Lieblingsgans der Wirtstochter auf verbotenen Wegen begegnet und habe nicht zu schweigen gewußt. Mehrere sind der Meinung, er habe mit dem Reitpferde des Herrn einen Streit gehabt und sei durch dessen Einfluß gestürzt worden. Wieder andere wollen wissen, er habe treuloserweise einem fremden Hofe alles zugeschleppt, was er in dem seinigen erwischen konnte. Wohlwollende sagen dagegen, an dem allen sei kein wahres Wort; sondern der neue Wirt habe seinem Lieblingshunde die Stelle des Hofhunds geben wollen und darum habe der alte Platz machen müssen. –

Ein liberales Rind hat mit seinem Kopfe ein Loch in die Mauer gestoßen, so groß, daß es Stirn und Schnauze hindurch stecken kann. Jetzt brummt es den ganzen Tag in den Hof hinaus und genießt unbeschränkte Brummfreiheit. Der Wirt, als ein kluger Mann, hat es wohl berechnet, daß dem liberalen Ochsen der Verstand nicht hinreicht, sich auch mit

Leib und Füßen aus dem Stalle zu befreien, läßt darum das Loch unbesorgt offen und bekümmert sich gar nicht um das Brummen.

Den ganzen Tag, von Morgen bis Abend, spaziert die Truthenne im Hofe herum und wirft, ungemein kokett, den Hals herüber und hinüber. Zwei Truthähne folgen ihr beständig, und vor Eifersucht und Ärger blähen sie sich auf und werden blau im Gesichte. Sie sind so argwöhnisch, daß keiner den andern nur einen Hühnerschritt vorausgehen und der Gebieterin näherkommen läßt. Diese sieht sich nie nach ihnen um, und als wollte sie ihre Liebe und Geduld auf die Probe stellen, geht sie nie gerade, sondern bewegt sich in den launenhaftesten Quadrillenfiguren. Aber die Anbeter treten unermüdlich in ihre Spur. Wie unmännlich, albern und verächtlich mir das Betragen dieser Truthähne vorkommt, das kann ich gar nicht beschreiben.

– Ach! Ach! Die Zeit wird mir erschrecklich lange. Wie einsam ist der Mensch unter Vieh! Doch wollte ich gern allen menschlichen Umgang entbehren, wäre nur wenigstens Adel hier.

Was ist ein Badeort ohne Adel?
Was der Zwirn ist ohne Nadel,
Was die Nähnadel, ohne Zwirn,
Was ein Kopf ist ohne Gehirn,
Was die Kartoffel ohne Salz,
Was Baden ist ohne die Pfalz.

IX.

Im September 1819, an einem trüben deutschen Bundestage, erwachte ich zu Frankfurt a.M. mit dem Katzenjammer. Ich hatte mich mit guten Kameraden in schlechter Hoffnung berauscht, hatte zuviel getrunken von der verdammt geschwefelten Freiheit und mußte das alles wieder von mir geben. Wer den Katzenjammer nicht kennt, der kennt die Macht der strafenden Götter nicht; es ist die *Reue des Magens*. Mir war jämmerlich zu Mute. Da beschloß ich, diese Jammerstätte zu verlassen und nach Frankreich zu gehen, wo klügere und mutigere Bürger ihre Rechte besser kennen und verteidigen als wir und wo schelmische Wirte ihnen den blutroten Wein nicht unbemerkt, nicht ungestraft verderben können.

Zu jener Zeit gab ich ein Journal heraus. Es wurde in Offenbach gedruckt, wo die herrlichen Pfeffernüsse gemacht werden. Das Blatt war gut, solange es frei war, und es mundete den Lesern. Da setzte man es unter Zensur, und ich gab es auf. Wenn Regierungen Furcht bekommen, sind sie furchtbar; sie werden übermütig aus Mangel an Mut.

In einem der letzten Blätter meines Journals stand ein Aufsatz, der mir aus dem nördlichen Deutschland zugeschickt worden. Ich erinnere mich nicht genau mehr seines Inhalts und besitze das Blatt nicht mehr; ich erinnere mich nur noch, daß er mit Geist geschrieben war und von den Mitteln sprach, die man anwenden könne und solle, den Fürsten trotz den sie umlagernden Höflingen und Ministern die Wahrheit und die Not und die Wünsche des Volkes zuzuführen. Mein Verleger erzählte mir, ein Bundestaggesandter habe sich von dem bezeichneten Aufsatze mehrere Exemplare holen lassen. Das kümmerte mich wenig; ich rief bloß, als hätte ich den Herren niesen hören: zur Gesundheit!

Als ich auf die Polizei kam und einen Paß nach Paris verlangte, bestellte man mich auf den andern Tag. Als ich den andern Tag wiederkam, bestellte man mich auf morgen. Das dritte Mal wurde ich unter irgendeinem Vorwande wieder abgewiesen. Ich setzte das mit dem Blatte in Verbindung, welches diplomatische Wißbegierde unter ihr Mikroskop gelegt hatte, und ich ward besorgt. Ich bedachte, daß unsere gute Frankfurter Polizei sich nicht eher um Politik bekümmert, als bis es ihr ein Minister oder Ministerchen befiehlt; daß sie dann aber nicht den Eulenspiegel nachahmt, der als ein guter Christ nicht mehr tut, als ihm befohlen ist, sondern daß sie aus Furcht, zu wenig zu tun, mehr tut, als ihr befohlen worden. Auf die neununddreißig Köpfe des deutschen Zerberus blickt sie mit unbeschreiblichem. Grauen. Von der heilsamen Angst, welche eine gute Polizei den Spitzbuben einflößen soll, von dieser Spitzbubenangst hat die Frankfurter Polizei, als ihrem Kriegsmaterial, einen großen Vorrat. Ja, von der Furcht für Österreich allein besitzt sie ein ganzes Zeughaus voll. Sobald dieses befiehlt, vergeht ihr alles Hören und Sehen; sie wirft sich auf den Bauch, ruft Allah! Allah! gelobt sei Gott und Mahomet, sein Prophet! – und gehorcht.

Ich beschloß daher, ohne Paß und so leise als möglich mich aus meiner guten freien Vaterstadt zu schleichen, und ich tat es. Der Paß wurde mir später nachgeschickt; doch habe ich nie erfahren können, aus welchem Grunde er mir einige Tage lang vorenthalten worden. Ich glaube zwar nicht, daß diese Zögerung ein diplomatisches Belieben zur Ursache hatte; doch ist meine damalige Ängstlichkeit noch heute in meinen Augen gerechtfertigt, und ich würde im gleichen Falle auf gleiche Weise handeln. Vor der Revolution sagte ein kluger Franzose: »Wenn man mich beschuldigte, die große Glocke von Notre – Dame gestohlen und sie an meine Uhrkette gehängt zu haben, ich würde vorläufig die Flucht ergreifen.»So schlecht war damals die Kriminaljustiz in Frankreich. Nun, mit dem Stehlen, Rauben und Morden ist es in Deutschland so gefährlich nicht, und ich würde, wenn man mich eines solchen Verbrechens beschudigte, ruhig die Untersuchung abwarten. Nicht aber so bei politischen Vergehen. Käme morgen beim Frühstücke ein Freund zu mir und warnte mich: ich wäre in Verdacht geraten, auf der Frankfurter Börse dreihundert der tapfersten Juden angeworben zu haben, um an deren Spitze am nächsten *Ultimo* nach Mannheim zu ziehen, die Rheinpfalz zu erobern, eine Republik daraus zu bilden und so den monarchischen Streitigkeiten zwischen Bayern und Baden ein Ende zu machen – ich würde mir nicht die Zeit nehmen, meine Stiefel anzuziehen, sondern in Pantoffeln davonlaufen. Ich möchte nicht sagen, daß die deutschen Justiz – und Verwaltungsbehörden minder einsichtsvoll und gerecht wären als die englischen und französischen; aber sobald es sich um sogenannten Hochverrat handelt, verlieren sie die Besinnung, sie wissen nicht, was sie sehen, was sie hören, noch was sie tun; sie haben dann ihren Gott im Auge und sind unmenschlich. Sie beherrscht eine falsche oder eine überspannte Vorstellung von der Göttlichkeit und doch zugleich wieder von der Sterblichkeit, von der Unverletzlichkeit und zugleich wieder von der Verletzbarkeit einer Regierung. Ein politisches Vergehen ist ihnen auch eine Ketzerei, und die Glaubenswut trübt dann ihre Vernunft. Ja, je ehrlicher die Richter, je mehr sie gewohnt sind, ihre Pflicht streng zu erfüllen, umso gefährlicher werden sie dem Unschuldigen wie dem Schuldigen. Ich erinnere mich, daß ich vor mehreren Jahren mich gegen einen Diplomaten tadelnd ausgesprochen über die Art, wie die preußische Regierung in der Angelegenheit der demagogischen Umtriebe verfahren und wie mancher Unschuldige, unschuldig selbst in dem engen Sinne, wie es die Regierung nahm, durch eine hinschleppende Untersuchung und lange Gefangenschaft so geängstigt und gequält worden, daß dieses ganz einer richterlichen Strafe gleich kam. Der Diplomat antwortete mir mit bewunderungswürdiger Naivetät: Ja, das wären unglückliche Zufälle, die nicht anders anzusehen, als wenn Ziegeln vom Dache fielen und die Vorübergehenden verwundeten. Aber zum Teufel auch! Eine Regierung soll kein Dach sein, und wenn ja ein Dach, eines uns zu schirmen, nicht uns zu verderben. Und sie soll ihre Ziegeln fest machen, daß nicht jeder Windstoß einer Begebenheit, daß nicht der Sturm jeder Leidenschaft sie herabschleudere auf die unten gehenden Bürger. Es ist doch gar zu traurig, wenn man ohne Kopfweh nicht vor einer Regierung vorbeigehen kann!

An einem heitern Oktobertage ging ich über die Sachsenhäuser Brücke, um durch Straßburg nach Paris zu reisen. Der Kriegsrat Reichard gibt es in zwei Sprachen deutlich zu verstehen, einem jungen Menschen, der mit Nutzen reisen wolle, wären folgende Kenntnisse und Übungen ganz unentbehrlich. Nämlich: 1) Naturgeschichte; 2) Mathematik; 3) Mechanik; 4) Geographie; 5) Landwirtschaft; 6) Sprachen; 7) Zeichnen; 8) leserlich und schnell schreiben; 9) Schwimmen; 10) einige medizinische Kenntnisse; 11) schöne Künste, besonders Blasinstrumente, die man auseinanderlegen und sehr bequem in die Rocktasche stecken kann. Außerdem müsse ein reisender Jüngling mehrere spirituöse Dinge mit sich führen, als 1) eine Flasche Vierräuberessig; 2) eine Flasche französischen Branntwein; 3) eine Flasche Schußwasser oder peruanischen Balsam; 4) ein Fläschchen Ammoniaksalz gegen Ohnmachten; 5) ein Fläschchen Hoffmännsche Tropfen. Von allen diesen Kenntnissen besaß ich wenig, von den medizinischen und chirurgischen Flüssigkeiten gar nichts; sondern ich führte bloß ein zweites Hemd bei mir, schon genannten Kriegsrat und eine kleine nette Ausgabe von den Dynastien des französischen Kaiserreichs: Napoleon I., Napoleon II., Napoleon III. bis Napoleon L. Als einst Napoleon I. in Danzig, nachdem er den Tag über mit den Deutschen gespielt hatte, abends mit seinen Generalen spielte, faßte er eine Hand voll Gold und fragte: *n'est-ce pas, Rapp, les Allemands aiment beaucoup ces petits Napoléons? – Oui, Sire, plus que le grand,* antwortete Rapp. Das hat der Kaiser einige Jahre später auch erfahren. Die Deutschen haben den großen Napoleon auf die Erde geworfen und haben die kleinen Napoleons, ob sie zwar der große alle geschlagen hat, behalten … Diesen Doppelgedanken hatte ich vor dem deutschen Hause.

Bis zur Sachsenhäuser Warte sah ich oft nach Frankfurt zurück; ich fürchtete immer, der Polizeiaktuar *Gravelius* und der lange *Gatzenmayer* würden mich verfolgen. In meiner Angst betrübte es mich besonders, daß ich aus der ganzen Reiseapotheke nicht wenigstens das Ammoniaksalz gegen Übelkeiten mit mir führte. Doch nichts kam hinter mir als eine kleine Kutsche, worin ein vergnügter Lotteriekollekteur saß, bei dem das große Los herausgekommen war oder der es selbst gewonnen hatte und der mit seiner Gattin eine Lustreise machte. Auf meine Bitte waren sie so artig, mich in den Wagen zu nehmen, oder eigentlich auf den Bock, weil der Wagen für drei Personen zu eng war. Als ich die Frankfurter Grenze zurückgelegt hatte, ward ich sehr heiter. Daß Deutschland, welches doch im Grunde ein ungeteiltes Ganze ausmacht, nur immer in Brüchen gezählt wird und daß man, statt zu sagen: *Österreich,* sagt: *der deutsche Bund,* nämlich 39/39 – das hat mich zwar immer nicht weniger geärgert, als es den Armenadvokat Siebenkäs verdroß, wenn seine Frau sagte: es hat vier Viertel auf vier geschlagen. Doch fiel mir in Langen bei, daß diese Verbalzerstückelung des Landes auch für kleine Spitzbuben nützlich sei; denn da eine Behörde oft schon für die zweite Meile Requisitorialien braucht, so kann, bis diese konzipiert und mundiert sind, ein Spitzbube schon einen guten Vorsprung gewinnen. Es kamen uns mehrere Boten entgegen, die im raschen Vorübergehen dem Kollekteur die in der Darmstädter Lotterie herausgekommenen Gewinste zuriefen. Fortuna auf der Chaussee kam mir wunderlich vor; aber der Kollekteur schien zufrieden. Als wir uns Darmstadt nahten, bat ich dringend, mich, bis wir die Stadt hinter uns hätten, in den Wagen zu nehmen. Dies ward mir zugestanden. Ich für meine Person bin zwar ziemlich hager; aber der dicke Passagier in meiner Rocktasche inkommodierte die schöne Kollektrice ganz ungemein. Die guten Leute dachten gewiß, ich hätte Ehrgefühl und ich schämte mich, in einer großherzoglichen Residenz mich auf einem Bocke zu zeigen. Das hatte aber einen ganz andern Grund. Ich wollte mich nämlich vor einem Gesandten verbergen, an dessen Wohnung wir vorüberfahren mußten, und der, wie mir ahndete, meine geheime Gesinnung noch einmal dechiffrieren würde. Auch ist diese Ahndung einige Monate später eingetroffen, wie ich es in der Folge meinem neugierigen Tagebuche erzählen werde. Zwar ist die Geschichte alt und mein Gedächtnis schwach; doch in unsern Tagen braucht man kein Gedächtnis, um dumme Gewalttätigkeiten nicht zu vergessen.

In Mannheim, wo ich meinen Paß fand, setzte ich mich in den Postwagen und fuhr nach Straßburg. Wie wohl war mir, als ich die französische Grenze erreicht hatte! Ich fühlte mich frei. In diesem Lande, dachte ich, wird wohl ein ehrlicher Mann auch gehudelt; ist er aber nicht dumm oder feige, hudelt er die Hudeler wieder. Hier wird man auch geprügelt; aber man wehrt sich. Hier wird man auch geschimpft, aber es *beschimpft* nicht, denn man schimpft zurück. Bei uns aber wird man gescholten und muß schweigen wie ein Bedienter; man wird geschlagen wie ein Hund und darf nicht heulen wie ein Hund! Bei Prügeleien kömmt es gar nicht darauf an, wer mehr Prügel bekommt, wir oder unsere Gegner; es kommt nicht auf die größeren oder geringeren Schmerzen, nicht auf die größern oder kleinern blauen Flecken an; sondern darauf, daß wir unsere Ehre behaupten und uns zur Wehre setzen. Auch weiß es ein bedächtiger Mann immer so einzurichten, daß er die erste Ohrfeige gibt.

Am Jahrestage der Leipziger Schlacht kam ich durch die Champagne. Der 18. Oktober wird in Deutschland nur noch von den freien Städten gefeiert. Es geschieht dies, um die Londoner Kaufleute portofrei zu benachrichtigen, daß alles noch gut für sie stehe, und um die hohen vergeßlichen Aliierten jährlich einmal an ihr Versprechen zu erinnern. Es war Weinlese, und die jungen Winzerinnen warfen Körbe mit Trauben in den vorübereilenden Postwagen, es wagend, ob man ihnen ein Stück Geld dafür zurückwerfen werde. Ich nahm und bezahlte einen großen Vorrat, und essend und vergessend kam ich an die Barrieren von Paris.

– Diesen Morgen fand ich am Saume eines waldigen Hügels unter einer Eiche eine junge Vagabundin gelagert, die auf dem Rücken in einem Bettelsacke einen goldgelockten Knaben trug. Das Kind war ihr ganzes Gepäck. Der Bube war seit seiner Geburt nicht gewaschen worden; aber durch die dunklen Wolken seines Gesichts blitzten feuerrote Wangen. Die Sonne schien so warm auf ihn herab, als wäre sie seine Mutter und er ein Königssohn. Sie hat ihn selbst gesäugt, und er wird stark werden. Gras und Bäume verneigten sich vor ihm; die Vögel des Waldes, flüsternde Höflinge, zwitscherten um ihn, und ein sanfter Wind schmeichelte seinen launischen Locken. Wie glücklich ist dieses Kind! rief ich aus. Sorgenlos von der sorgenlosen Mutter von Dorf zu Dorf, von Feld zu Feld, von Wald zu Wald getragen! Es hat nichts zu verlieren, das Leben ist ihm ein Glücksspiel ohne Nieten, und kömmt nur seine Nummer heraus, muß es gewinnen. Vielleicht wird der Bube einmal gehenkt; aber das bringt keine Sorgen, das schafft sie weg. Wie langweilig und abgeschmackt ist es aber, ein Kind honetter Eltern zu sein und selbst ein ehrlicher Mensch zu werden und sein gutes Auskommen zu haben! Wir dummen Esel, statt frei umherzugrasen, wo sich eine Wiese findet, beladen uns mit Säcken voll Getreide, das nicht uns gehört, und schleppen es dem reichen Müller Tod zu, der es für den genädigen Herrn Wurm mahlt und siebt! Alles hat, wer nichts hat; wer viel hat, hat immer zu wenig. Hoch lebe die Lumperei! Und abermals hoch! und zum dritten Male hoch!

Ähnliche Gefühle, als mir heute die so glückliche unbeladene Vagabundin einflößte, hatte ich, als ich frei und ohne Gepäck, wie sie, in Paris ankam. Hineingeworfen in dieses von ewigen Winden bewegte, tosende Meer, schwamm ich keck darin herum, als wäre ich in dem Elemente geboren; denn ich wußte gewiß, daß ich spezifisch leichter sei. An den drei französischen Mautgrenzen, die mich mit Stolz erfüllten, weil sie mich an den viel zolligeren Mautfuß meines geliebten Vaterlandes erinnerten, wurden alle Koffer, Säcke und Bündel der begüterten Passagiere bei Regenwetter von dem Postwagen herab auf die Erde geworfen, geöffnet und untersucht, und die armen reichen Leute mußten verdrüßlich alles selbst wieder in Ordnung bringen und waren unendlich besorgt, es möchte etwas herausfallen und verloren gehen, und waren geplagt wie die armen Teufel und jammerten, daß es ein Mitleid war. Ich aber sah dieses alles aus dem Fenster des Wirtshauses schaden froh mit an, rieb mir vor Vergnügen die Hände, und als absoluter Monarch meiner Zeit benutzte ich sie, teils nützlich, indem ich mich unter den Postillionen im Französischen übte, teils angenehm, indem ich die Weine des Landes versuchte, teils beides zugleich, indem ich meine Schlafbegierde stillte.

Im Pariser Posthause stieg mein Wohlbehagen und die Not meiner Reisegefährten erst recht hoch. Diese waren Provinzialen oder Ausländer, wie ich zum ersten Male in Paris, und wußten sich gar nicht zu helfen.

Man schleppte ihr Gepäcke in die Mautstube, wo eine Verwirrung ohnegleichen herrschte. Nachdem die Koffer visitiert waren, luden sie Packträger auf den Rücken und trugen sie, unbekümmert um das Schreien der nachkeuchenden Eigentümer, die Straße hinauf oder hinab. Doch ich ging ruhig, kalt und eingewohnt wie ein alter Kondukteur im Hofe herum und rief: es lebe die Demagogie! es lebe die Polizei! es lebe die Lumperei! Um zehen Uhr morgens war ich angekommen, und erst nachmittags vier Uhr sah ich mich nach einer Wohnung um. Ich hatte keine Freunde, keine Bekannte, keine Adresse; aber nichts kümmerte mich. Ich lief den ganzen Tag umher, aus dem Palais Royal in die Tuilerien, von den Tuilerien auf dem Vendômeplatz, von diesem auf die Boulevards, von dort auf den Platz der Bastille. Ich sah gleich den ersten Tag die halbe Stadt. Nur etwas machte mir Sorgen. Der Postwagen war von Straßburg an drei Tage und drei Nächte fortgeeilt und hatte zum Nötigsten nicht die nötige Zeit gelassen. Ich ward auf dem Wege leichter mein Geld los als das, wofür ich es bezahlte. In Paris fand ich die nötige Zeit, nicht aber die nötige Gelegenheit, und ich wußte mir nicht zu helfen. Da trat ich in das erste beste Haus im Palais Royal, stieg eine Treppe hinauf, gebrauchte meine Sinne und suchte. Ich öffnete eine Türe, steckte den Kopf hinein, sah ein menschenleeres Restaurationszimmer, worin ganze Haufen von Silbergeräte auf dem Tische lagen, und zog mich eilig und erschrocken zurück. Ich stieg in den zweiten Stock, öffnete wieder eine Türe, sah in einem kleinen Zimmer einen alten Mann in Kupfer stechen, sagte: *pardonnez, Monsieur* und kehrte um. Im dritten Stocke öffnete ich gleifalls mehrere falsche Türen, hinter welchen bald ein Herr, bald eine Dame saß, sagte abwechselnd: *pardonnez, Monsieur, pardonnez, Madame* und setzte meine Entdeckungsreise fort. Endlich im vierten Stock gewahrte ich eine Türe mit einen kleinen runden Glasfensterchen; ich glaubte am Ziele zu sein und öffnete rasch – da trat mir ein junges schönes Mädchen entgegen. Ich brachte wieder mein *pardonnez, Madame* hervor: die *Notre – Dame* aber faßte mich am Arme, zog mich weiter vor und verriegelte die Türe hinter mir. *Reposez – vous, Monsieur* sagte sie mir artig. In meiner Eile war ich tugendhaft und legte, nur als Geschenk, ein Fünffrankenstück auf das Nachttischchen. Dafür machte mich das dankbare Mädchen mit der Topographie des Hauses bekannt. Ich mußte noch eine Treppe höher steigen. So hatte ich bis unter das Dach ein fremdes Haus durchkrochen und war mit einem bangen verlegenen Gesichte in alle Zimmer eingedrungen. Hätte ich kein Geld in der Tasche gehabt, ich wäre wohl zehen Male festgehalten worden; denn ich schlich und lauschte wie ein Dieb. Aber – es ist ein Wunder! man ahndete den unsichtbaren Gott in mir, sah mich für einen Heiligen an und ließ mich ungehindert auf – und absteigen.

Vom langen Umherstreichen hungrig und müde geworden, ging ich in ein Kaffeehaus, um zu frühstücken, mich auszuruhen und dann meine Wanderung fortzusetzen. Da der schwere Reichard in meiner Tasche mir etwas lästig fiel, bat ich die schöne Dame, die am Comptoir saß, mir das Buch zu verwahren, ich würde es im Vorübergehen wieder abholen. Aber mit ganz unbeschreiblicher Freundlichkeit schüttelte sie ihre schwarzen Locken, wies das Buch zurück und sagte: *Oh, Monsieur!* Das verblüffte mich etwas. Ich legte das Buch auf den Tisch und bezahlte auf dessen Deckel meine Karte. Die Dame strich das Geld ein und zog dann das Buch mit noch größerer Freundlichkeit, als sie es früher abgewiesen, wieder zu sich, legte es in eine Schublade und sagte, es solle gut verwahrt werden. Erst fünf Minuten nachher wußte ich, was ich von dem Betragen denken sollte. Ganz gewiß glaubte die gute Französin, ich hätte kein Geld, mein Frühstück zu bezahlen, und wollte darum das Buch als Unterpfand zurücklassen. Sie nahm es nicht an und stellte sich, als merkte sie meine Verlegenheit nicht. Dieses machte einen sehr freundlichen Eindruck auf mich, und nichts ist mir früher oder später in Paris begegnet, was diesen ersten Eindruck wieder geschwächt hätte. Ich habe die Franzosen immer urban, immer menschlich gefunden – menschlich im schönsten Sinne des Wortes. Das ist nicht allein Menschlichkeit, daß man jedem in seiner Not, sobald er klagt, zu Hülfe komme – wem reichte hierzu immer die Kraft und der gute Wille zu? –, sondern daß man menschlich fühle und eines jeden Not errate und verstehe. Das vermögen die Franzosen, denn sie sind Totalmenschen; das vermögen aber die Deutschen nicht, die nur Stückmenschen sind und, kleinstädtisch selbst in großen Städten, nur das Glück und Unglück ihrer Standesgenossen verstehen.

Die herannahende Dämmerung erinnerte mich, daß ich für die Nacht noch kein Dach und Bett habe. Ich suchte mir ein Hotel heraus, das schön angestrichen war und viele Fenster hatte, trat hinein und forderte ein Zimmer. Der Wirt fragte mich, ob er meine Sachen von der Messagerie solle abholen lassen? Ich antwortet kurz, ich hätte keine Sachen, die würden später nachkommen. Das machte ihn etwas stutzig, und allerdings gab mir der ordinäre Interimsmantel von Biber, den ich in Mannheim gekauft hatte und der mir nur bis an die Knie reichte, ein etwas ärmliches Ansehen. Indessen bekam ich ein Zimmer, da man wohl dachte, eine Nacht könne man es mit mir versuchen. Ich nahm mir vor, jeden Tag meine Rechnung zu bezahlen, um den Wirt von seiner verzeihlichen Ängstlichkeit zu befreien. Als ich am andern Morgen nach ihm fragte, war er schon ausgegangen, und ich konnte ihn den ganzen Tag über nicht sprechen. Am zweiten Morgen trat der Hausherr in mein Zimmer, drückte mir die Hand und war die Freundlichkeit, ja die Herzlichkeit selbst. Er hatte in den Zeitungen gelesen, ich wäre als politischer Flüchtling in Paris angekommen; er bot mir sein ganzes Haus, seinen Tisch, ja seinen Geldbeutel an – ich würde zur gelegenen Zeit meine kleine Schuld wohl abtragen, bemerkte er. Es dauerte vierzehn Tage, ehe ich meinen Koffer aus Deutschland bekam, und so lange bat ich täglich vergebens um meine Rechnung. Erst als meine Sachen angelangt waren und der Hausherr sah, daß ich nicht ohne Mittel sei, nahm er Bezahlung von mir an.

So betrug sich ein Franzose, dem ich fremd war. Darauf ging ich zu einem Deutschen, dem ich bekannt war, der in Paris wohnte und Handel trieb. Ich bat ihn um die Erlaubnis, meine Koffer an ihn adressieren lassen zu dürfen, da ich nicht wisse, ob ich meine gegenwärtige Wohnung behalten würde, und also keine sichere Adresse nach Hause schreiben könne. Der Mann war schon in Verlegenheit, als er mich sah; da ich aber um die Benutzung seiner Adresse bat, erschrak er und verwirrte sich, daß es zum Erbarmen war. Er beschwor mich bei Gott, ihn mit meinem Koffer zu verschonen, denn er habe in den heutigen Blättern gelesen, daß ich in politischen Händeln verwickelt sei, und in dergleichen lasse er sich nicht gern ein. *Je suis père de famille,* jammerte der Narr. Ich hatte ihm freilich zuviel zugemutet; er war nicht bloß ein Deutscher, sondern zugleich ein Jude, also ein Hase mit acht Füßen. Ich ließ ihn laufen. Aber Minister können daraus lernen, daß, um mit ihren widerspenstigen Liberalen fertig zu werden, sie nichts Klügeres tun könnten, als sie alle beschneiden zu lassen und Juden aus ihnen zu machen. Dann würden sie folgsam wie die Schafe werden und würden, indem sie alle ihr Geld in Staatspapiere steckten, für ihre ewige Ruhe freiwillige Kaution leisten.

Vierzehn Tage lang sprachen die Pariser Blätter der verschiedenen Parteien von meiner Ankunft. Sie brauchten mich natürlich bloß als Farbmaterial und zerrieben mich servil mit dem Stößer oder kochten mich liberal sanft auf – aber man sprach doch von mir. Ich wollte meinen Augen nicht trauen. Bin ich denn eine höchste Person? Bin ich ein Kurier? Bin ich eine Sängerin? Bin ich ein jubelierender Staatsdiener? Das alles nicht, und doch ist in den Zeitungen von mir die Rede! Was ist das für ein närrisches Volk! Insbesondere erinnere ich mich eines langen Artikels im *Journal des Débats,* worin teils mythologisch, teils biographisch von mir erzählt wurde, ich wäre ein Jude, Jakobiner und Mann von Geist und wäre von den deutschen Demagogen nach Paris geschickt worden, um von dem *Comité directeur* das *Mot d'ordre* zu holen. Aber – endigte der Bericht – ich wäre »*d'ailleurs un homme de bonne foi*«. Da das *Journal des Débats* damals ein ministerielles Blatt war, so dürfen loyale Deutsche darauf schwören, wie auf den österreichischen Beobachter und die preußische Staatszeitung, und sie dürfen, ohne zu untersuchen, annehmen, daß ich wirklich ein *homme de bonne foi* bin. Sie werden mir daher glauben, wenn ich sie versichere: daß ich nicht von deutschen Demagogen nach Paris geschickt worden bin; daß ich nichts von einem *Comité directeur* erfahren; daß es nie ein solches gab und daß ich kein *mot d'ordre* geholt. *Mot d'ordre,* ich, der ich nur von mir selbst und meinem Arzte mir etwas vorschreiben lasse! Guter Gott! Ich bin kein solcher Narr.

Schon am ersten Morgen nach meiner Ankunft, noch ehe die Zeitungen von mir sprachen, wurde ich von mehreren Deutschen besucht, die ich alle nicht kannte, die mich aber versicherten, sie kennten mich recht gut – welches auch wahrscheinlich war. Gott weiß, woher sie meine Adresse wußten! Sie fütterten mich mit französischen Liebkosungen, zogen mich fort, nahmen mich in ihre Mitte, faßten mich unter den Armen, recht herzlich, recht Brust an Brust, recht nahe unter der Schulter, so daß unsere beiderseitige Achselhöhlen Kapseln bildeten, in welchen man Seifenkugeln hätte verwahren können. Sie fragten mich: wie sieht es im *lieben Vaterlande* aus? Ich erzählte wie ein Kind und ein Narr. Ich kann schweigen, wenn ich will; ich will aber nicht. Warum auch? Es kann sich eine Furche finden, in welche ein stilles Samenkorn fällt, das Wurzel faßt. »*Das arme Vaterland!*« – riefen sie aus und sahen einander an und suchten Wechseltrost in treuen Freundes Blicken. Ich hätte die Spitzbuben erwürgen mögen! Das währte so einige Tage lang, bis mein Mundvorrat erschöpft war; dann verschwanden sie, und ich sah sie nicht wieder. Der Teufel soll sie holen, wenn er sie, gegen alle Wahrscheinlichkeit, in diesen zehen Jahren noch nicht geholt hat!

X.

Ich war immer erstaunt, daß unsern zwei größten Dichtern der Witz gänzlich mangelt; aber ich dachte: sie haben Adelstolz des Geistes und scheuen sich, da, wo sie öffentlich erscheinen, gegen den Witz, der plebejischer Geburt ist, Vertraulichkeit zu zeigen. Im Hause, wenn sie keiner bemerkt, werden sie wohl witzig sein. Doch als ich ihren Briefwechsel gelesen, fand ich, daß sie im Schlafrocke nicht mehr Witz haben als wenn den Degen an der Seite. Einmal sagt Schiller von Fichte: »Die Welt ist ihm nur ein Ball, den das Ich geworfen hat und den es bei der Reflexion wieder fängt.« Man ist erstaunt, verwundert; aber diese witzige Laune kehrt in dem bänderreichen Werke kein zweites Mal zurück. Der Mangel an Witz tritt bei Goethe und Schiller da am häßlichsten hervor, wo sie in ihren vertraulichen Mitteilungen Menschen, Schriftsteller und Bücher beurteilen. Es geschieht dieses oft sehr derb, oft sehr grob; aber es geschieht ohne Witz. Das Feuer brennt, aber es leuchtet auch; das Licht warnt vor dem Schmerz und bezahlt ihn. Tadel ohne Witz ist Glut ohne Licht. Das Lob braucht den Witz, verträgt ihn nicht; Wohlgefallen ist nur, wo Einheit der Empfindung, und der Witz trennt, zerreißt. Der Tadel braucht ihn; der Witz macht ihn milder, erhebt den Ärger zu einem Kunstwerke. Ohne ihn ist Kritik gemein und boshaft.

Ich weiß nicht, wie hoch die Gesetzbücher der Ästhetik den Witz stellen; aber ohne Witz, sei man noch so großer Dichter, kann man nicht auf die Menschheit wirken. Man wird nur Menschen bewegen, Zeitgenossen, und sterben mit ihnen. Ohne Witz hat man kein Herz, die Leiden seiner Brüder zu erraten, keinen Mut, für sie zu streiten. Er ist der Arm, womit der Bettler den Reichen an seine Brust drückt, womit der Kleine den Großen besiegt. Er ist der Enterhaken, der feindliche Schiffe anzieht und festhält. Er ist der unerschrockene Anwalt des Rechtes und der Glaube, der Gott *sieht,* wo ihn noch kein anderer ahndet. Der Witz ist das demokratische Prinzip im Reiche des Geistes; der Volkstribun, der, ob auch ein König wolle, sagt: *ich will nicht!*

Der Verstand ist Brot, das sättigt; der Witz ist Gewürz, das eßlustig macht. Der Verstand wird verbraucht durch den Gebrauch, der Witz erhält seine Kraft für alle Zeiten. Goethes und Schillers so verständige Lehren nützen nicht mehr; denn man hat ihre Lehren befolgt, und neues Wissen braucht neue Regeln. Auch Lessing und Voltaire haben gelehrt, die Kunst und ihre Zeit haben von ihnen gelernt; aber ihre Lehren sind für immer. Sie kämpften mit dem Witze, und der Witz ist ein Schwert, das in jedem Kampfe zu gebrauchen. Die Geschichte zählt große Menschen, die sind *Register der Vergangenheit:* so Goethe und Schiller. Sie zählt wieder andere, die sind *Inhaltsverzeichnis der Zukunft:* so Voltaire und Lessing.

– Ihr, die ihr nicht Menschen, nur Göttern glaubt: so hört doch einmal, was eure verehrten Orakel sprechen! Schiller, wo er an Goethe von dem schlechten Absatze der *Propyläen* berichtet, spricht von der »ganz unerhörten Erbärmlichkeit des Publikums« ... Er schreibt: »Ich darf an diese Sache gar nicht denken, wenn sie mein Blut nicht in Bewegung setzen soll, denn einen so niederträchtigen Begriff hat mir noch nichts von dem deutschen Publikum gegeben« ... Er meint: »Den Deutschen muß man die Wahrheit so derb sagen, als möglich.« Ach! diese Wahrheit habe ich schon oft gesagt und derber als Schiller. Man muß nicht aufhören, sie zu ärgern; das allein kann helfen. Man soll sie nicht einzeln ärgern – es wäre unrecht, es sind sogar gute Leute, man muß sie in Masse ärgern. Man muß sie zum Nationalärger stacheln, kann man sie nicht zur Nationalfreude begeistern, und vielleicht führt das eine zum andern. Man muß ihnen Tag und Nacht zurufen: Ihr seid keine Nation, Ihr taugt nichts als Nation. Man darf nicht vernünftig, man muß unvernünftig, leidenschaftlich mit ihnen sprechen; denn nicht die Vernunft fehlt ihnen, sondern die Unvernunft, die Leidenschaft, ohne welche der Verstand keine Füße hat. Sie sind ganz Kopf – *caput mortuum.* Europa gärt, steigt, klärt sich auf; Deutschland trübt sich, sinkt und setzt sich ganz unten nieder. Das nennen die Staatschemiker: die Ruhe, den Frieden, den trocknen Weg des Regierens.

Doch haben Goethe und Schiller das Recht, auf das Volk, dem sie angehören, so stolz herabzusehen? Sie weniger als einer. Sie haben es nicht geliebt, sie haben es verachtet, sie haben für ihr Volk nichts getan. Aber ein Volk ist wie ein Kind, man muß es belehren, man kann es schelten, strafen; doch soll man nur streng scheinen, nicht es sein; man soll den Zorn auf den Lippen haben und Liebe im Herzen. Schiller und Goethe lebten nur unter ausgewählten Menschen, und Schiller war noch ein schlimmerer Aristokrat als Goethe. Dieser hielt es mit den Vornehmen, den Mächtigen, Reichen, mit dem bürgerlichen Adel. *Der* Troß ist zahlreich genug; es kann wohl auch ein Unberechtigter ihrem Zuge folgen und sich unentdeckt in ihre Reihen mischen; und wird er entdeckt, man duldet ihn oft. Schiller aber zechte mit dem *Adel der Menschheit* an einem kleinen Tischchen, und den ungebetenen Gast warf er zornig hinaus. Und seine Ritter der Menschheit wissen das Schwert nicht zu führen, sie schwätzen bloß und lassen sich totschlagen; es ist ein deklamierender Komödiantenadel. Marquis Posa spricht in der Höhle des Tigers wie ein Pfarrer vor seiner zahmen Gemeinde und vergißt, daß man mit Tyrannen kämpfen soll, nicht rechten. Der Vormund eines Volkes muß auch sein Anführer sein; einer Themis ohne Schwert wirft man die Waage an den Kopf.

Wenn Gottes Donner rollen und niederschmettern das Gequieke der Menschlein da unten: dann horcht ein edles Herz und jauchzet und betet an, und wer angstvoll ist, hört und ist still und betet. Der Dämische aber verstopft sich die Ohren und hört nicht und betet nicht und betet nicht an. Schiller, während der heißen Tage der französischen Revolution, schrieb in der Ankündigung der *Horen:* »Vorzüglich aber und unbedingt wird sich die Zeitschrift alles verbieten, was sich auf Staatsreligion und politische Verfassung bezieht.« So spricht noch heute jeder Lump von Journalist, wenn er, um die Leser lüstern zu machen nach dem neuen Blatte, sie versichert, es werde das reine Gold der Novellen, der Theaterberichte mitteilen, ohne alle garstige Legierung mit Glaube und Freiheit. Schiller war edel, aber nicht edler als sein Volk. So sprach und dachte auch Goethe. Sendet *dazu* der Himmel der durstigen Menschheit seine Dichter, daß *sie* trinken, sie mit den Königen und daß wir, den Wein vor den Augen, den sie nicht mit uns teilen, noch mehr verschmachten? Und so denkend und so sprechend, geziemt es ihnen zu klagen: »So weit ist es noch nicht mit der Kultur der Deutschen gekommen, daß sich das, was den Besten gefällt, in Jedermanns Hände finden sollte?« Wie kann sich in Jedermanns Hände finden, wonach nicht Jedermann greift, weil es, wie Religion und Bürgertum, nicht Jedermann angeht? Soll etwa das deutsche Volk aufjauchzen und die Schnupftücher schwenken, wenn Goethe mit Myrons Kuh liebäugelt?

XI.

Ich habe Goethes und Schillers Briefe zu Ende gelesen; das hätte ich mir
nicht zugetraut. Vielleicht nützt es meiner Gesundheit als Wasserkur.
Mich für meine beharrliche Diät zu belohnen, will ich mir die hochpreis-
lichen Rezensionen zu verschaffen suchen, die über diesen Briefwechsel
gewiß erschienen sein werden. Ich freue mich sehr darauf. Was werden
sie über das Buch nicht alles gefaselt, was nicht alles darin gefunden haben!

Goethe hat viele Anhänger, er hat, als echter Monarch, es immer mit
dem literarischen Pöbel gehalten, um die reichen unabhängigen Schriftsteller in die Mitte zu nehmen und einzuengen. Er für sich hat sich immer
vornehm gehalten, er hat nie selbst von oben gedrückt; er ist stehengeblie-
ben und hat seinen Janhagel von unten drücken lassen. Nichts ist wun-
derlicher als die Art, wie man über Goethe spricht – ich sage die *Art;* ich
sage nicht, es sei wunderlich, daß man ihn hochpreist; das ist erklärlich
und verzeihlich. Man behandelt ihn ernst und trocken als ein Corpus
Juris. Man erzählt mit vieler Gelehrsamkeit die Geschichte seiner Entstehung und Bildung; man erklärt die dunkeln Stellen; man sammelt die
Parallelstellen; man ist ein Narr. Ein Bewunderer Goethes sagte mir einmal: um dessen Dichtwerke zu verstehen, müsse man auch seine natur-
wissenschaftlichen Werke kennen. Diese kenne ich freilich nicht; aber
was ist das für ein Kunstwerk, das sich nicht selbst erklärt? Weiß ich
denn ein Wort von Shakespeares Bildungsgeschichte und verstehe ich
den Hamlet darum weniger, soviel man etwas verstehen kann, das uns
entzückt? Muß man, den Macbeth zu verstehen, auch den Othello gelesen
haben? Aber Goethe hat durch sein diplomatisches Verfahren die Ansicht
geltend gemacht, man müsse *alle* seine Werke kennen, um jedes einzelne
gehörig aufzufassen; er wollte in Bausch und Bogen bewundert sein. Ich
bin aber gewiß, daß die erbende Zukunft Goethes Hinterlassenschaft nur
cum beneficio inventarii antreten werde. Ein Goethepfaffe, der so glücklich
war, eine ganze Brieftasche voll Ungedruckter Zettelchen von seinem
Gotte zu besitzen, breitete einmal seine Reliquien vor meinen Augen aus,
fuhr mit zarten, frommen Fingern darüber her und sagte mit Wasser im
Munde: »*Jede Zeile ist köstlich!*« Mein guter Freund wird diesen Briefwechsel, der funfzigtausend köstliche Zeilen von Goethe enthält, als ein *grünes
Gewölbe* anstaunen: ich aber gebe lieber für das Dresdner meinen Dukaten
Bewunderung hin.

Aber in dem letzten Bande der Briefsammlung ist es geschehen, daß
Goethe einmal, ein einziges Mal in seinem langen Leben, sich zur schönen
Bruderliebe wandte, weil er sich vergessen, sich verwirrt und vom alten
ausgetretenen Wege der Selbstsucht abgekommen war. In der Zueignung
des Buches an den edlen König von Bayern, worin er diesem Fürsten für

die von ihm empfangenen Beweise der Gnade dankt, gedenkt er Schillers, des verstorbenen Freundes, und beweint, daß nicht auch er, da er noch lebte, sich solcher fürstlichen Huld zu erfreuen gehabt; ja ihn rührt der Gedanke, daß Schiller vielleicht noch lebte, wäre ihm solche Huld zu Teile geworden. Goethe sagt: »Der Gedanke, wieviel auch er von Glück und Genuß verloren, drang sich mir erst lebhaft auf, seit ich Ew. Majestät höchster Gunst und Gnade, Teilnahme und Mitteilung, Auszeichnung und Bereicherung, wodurch ich frische Anmut über meine hohen Jahre verbreitet sah, mich zu erfreuen hatte ... Nun ward ich zu dem Gedanken und der Vorstellung geführt, daß auf Ew. Majestät ausgesprochene Gesinnungen dieses alles dem Freunde in hohem Maße widerfahren wäre; umso erwünschter und förderlicher, als er das Glück in frischen, vermögsamen Jahren hätte genießen können. Durch allerhöchste Gunst wäre sein Dasein durchaus erleichtert, häusliche Sorgen entfernt, seine Umgebung erweitert, derselbe auch wohl in ein heilsameres besseres Klima versetzt worden, seine Arbeiten hätte man dadurch belebt und beschleunigt gesehen, dem höchsten Gönner selbst zu fortwährender Freude, und der Welt zu dauernder Erbauung.«

Dürfen wir unsern Augen trauen? Der Geheimerat von Goethe, der Karlsbader Dichter, wagt es, deutsche Fürsten zu schelten, daß sie Schiller, den Stolz und die Zierde des Vaterlandes, verkümmern ließen? Er wagt es, so von höchsten und allerhöchsten Personen zu sprechen? Ist der Mann jung geworden in seinem hohen Alter? Ach nein, es ist Altersschwäche; es war keine freie Bewegung der Seele, es war ein Seelenkrampf gewesen. Aber das verdammt ihn, daß er nicht vierzig Jahre früher und auch bei jedem Anlasse so hervorgetreten – das verdammt ihn, weil wir jetzt sahen und erkannten, wie er hätte wirken können, wenn er es getan. Er hat durch die wenigen Worte seines leisen Tadels ein Wunder bewirkt! Er hat die festverschlossene, uneindringliche Amtsbrust eines deutschen Staatsdieners wie durch Zauberei geöffnet! Er hat den fünfundzwanzigjährigen Frost der strengsten Verschwiegenheit durch einen einzigen warmen Strahl seines Herzens aufgetaut! Kaum hatte Herr von Beyme, einst preußischer Minister, Goethes Anklage gelesen, als er bekannt machte: um den Vorwurf, den Goethe den Fürsten Deutschlands macht, daß Schiller keinen Beschützer unter ihnen gefunden, wenigstens von seinem Herrn abzuwenden, wage er, die *amtlich nur ihm bekannte Tatsache* zur allgemeinen Kenntnis zu bringen, daß der König von Preußen Schillern, als dieser den Wunsch geäußert, sich in Berlin niederzulassen, aus freier Bewegung einen Gehalt von dreitausend Talern jährlich und noch andere Vorteile gesichert hatte. Warum hat Herr von Beyme diesen schönen Zug seines Herrn so lange verschwiegen? warum hat er gewartet, bis eingetroffen, was kein Gott vorhersehen konnte, daß Goethe einmal menschlich fühlte? Daß der König von Preußen strenge *Gerechtigkeit* übt, das weiß und preist das deutsche Vaterland; aber seinen Dienern ziemte es, auch dessen *schöne* Handlungen, die ein edles Herz gern verbirgt, bekannt zu machen, damit ihnen die Huldigung werde, die ihnen gebührt, und damit sie die Nachahmung erwecken, die unsern engherzigen Regierungen so große Not tut.

In den europäischen Staaten, die unverjüngt geblieben, fürchten die Herrscher jede Geisteskraft, die ungebunden und frei nur sich selbst lebt, und suchen sie durch verstellte Geringschätzung in wirklicher Geringschätzung zu erhalten. Wo sie dieses nicht vermögen, wo ein Talent sich durchgeschlagen und sich Hochachtung erbeutet, da schmieden sie es an die Schulbank, um es festzuhalten, oder spannen es vor die Regierung, um es zu zügeln. Ist die Regierung voll und kann keiner mehr darin untergebracht werden, zieht man den Schriftstellern wenigstens die Staatslivree an und gibt ihnen Titel und Orden; oder man sperrt sie in den Adelshof, nur um sie von der Volksstadt zu trennen. Daher gibt es nirgends mehr Hofräte als in Deutschland, wo sich doch die Höfe am wenigsten raten lassen. In Östreich, wo die Juden seit jeher einen großen Teil der bürgerlichen und alle staatsbürgerliche Rechte entbehren; in diesem Lande, wo man an Gottes Wort nicht deutet und alles läßt, wie es zur Zeit der Schöpfung gewesen, adelt man doch die niedergehaltenen Juden und macht sie zu Freiherrn, sobald sie einen gewissen Reichtum erlangt. So sehr ist dort die Regierung besorgt und bemüht, dem Bürgerstande jede Kraft, selbst den Reichtum und seinen Einfluß zu entziehen! Es ist zum Lachen, wenn man liest, welchen Weg der Ehre Schiller gegangen. Als er in Darmstadt dem Großherzog von Weimar seine Räuber vorgelesen, ernannte ihn dieser zum *Rat,* der damalige Landgraf von Darmstadt ernannte ihn auch zum Rat; Schiller war also zweimal Rat. Der Herzog von Meiningen ernannte ihn zum *Hofrat;* der deutsche Kaiser adelte den Dichter des Wilhelm Tell. Dann ward er *Professor* in Jena, er bekam Brot, er mußte aber arbeiten, und nur wenige Jahre lebte er frei und seiner Würde angemessen in Weimar von der Gunst seines Fürsten. Kein Zweiter übernahm die irdischen Sorgen dieses ätherischen Geistes, Gold hat ihm keiner gegeben. Doch ja – ein Erbprinz und ein Graf haben ihre beiden Herzbeutel zusammengeschossen und haben *in Kompagnie* dem Dichter auf *drei Jahre* einen Gehalt von tausend Talern gegeben. Wen Gott empfiehlt, der ist bei unsern regierenden Herren schlecht empfohlen. Und wäre es denn Großmut, wenn deutsche Fürsten das Genie würdiger unterstützen, da sie doch die alleinigen und unbeschränkten Verwalter des Nationalvermögens sind?

Goethe hätte ein Herkules sein können, sein Vaterland von großem Unrate zu befreien; aber er holte sich bloß die goldenen Äpfel der Hesperiden, die er für sich behielt, und dann setzte er sich zu den Füßen der Omphale und blieb da sitzen. Wie ganz anders lebten und wirkten die großen Dichter und Redner Italiens, Frankreichs und Englands! *Dante,* Krieger, Staatsmann, ja Diplomat, von mächtigen Fürsten geliebt und gehaßt, beschützt und verfolgt, blieb unbekümmert um Liebe und Haß, um Gunst und Tücke, und sang und kämpfte für das Recht. Er fand die alte Hölle zu abgenutzt und schuf eine neue, den Übermut der Großen zu bändigen und den Trug gleißnerischer Priester zu bestrafen. *Alfieri* war reich, ein Edelmann, adelstolz, und doch keuchte er wie ein Lastträger den Parnaß hinauf, um von seinem Gipfel herab die Freiheit zu predigen. *Montesquieu* war ein Staatsdiener, und er schrieb seine persischen Briefe, worin er den Hof verspottete, und seinen Geist der Gesetze, worin er die Gebrechen Frankreichs richtete. *Voltaire* war ein Höfling; aber nur schöne Worte verehrte er den Großen und opferte ihnen nie seine Gesinnung auf. Er trug eine wohlbestellte Perücke, feine Manschetten, seidene Röcke und Strümpfe; aber er ging durch den Kot, sobald ein Verfolger um Hülfe schrie, und holte mit seinen adeligen Händen schuldlos Gerichtete vom Galgen herab. *Rousseau* war ein kranker Bettler und hülfsbedürftig; aber nicht die zarte Pflege, nicht die Freundschaft, selbst der Vornehmen, verführte ihn, er blieb frei und stolz und starb als Bettler. *Milton* vergaß über seine Verse die Not seiner Mitbürger nicht und wirkte für Freiheit und Recht. So waren *Swift, Byron,* so ist *Thomas Moore.* Wie war, wie ist *Goethe?* Bürger einer freien Stadt, erinnert er sich nur, daß er Enkel eines Schultheißen ist, der bei der Kaiserkrönung Kammerdienste durfte tun. Ein Kind ehrbarer Eltern, entzückte es ihn, als ihn einst als Knabe ein Gassenbube Bastard schalt, und er schwärmte mit der Phantasie des künftigen Dichters, wessen Prinzen Sohn er wohl möchte sein. So war er, so ist er geblieben. Nie hat er ein armes Wörtchen für sein Volk gesprochen, er, der früher auf der Höhe seines Ruhms unantastbar, später im hohen Alter unverletzlich, hätte sagen dürfen, was kein anderer wagen durfte. Noch vor wenigen Jahren bat er die »hohen und höchsten Regierungen« des deutschen Bundes um Schutz seiner Schriften gegen den Nachdruck. Zugleich um gleichen Schutz für alle deutschen Schriftsteller zu bitten, das fiel ihm nicht ein. Ich hätte mir lieber wie einem Schulbübchen mit dem Lineal auf die Finger klopfen lassen, ehe ich sie dazu gebraucht, um mein *Recht* zu betteln, und um *mein* Recht allein!

Goethe war glücklich auf dieser Erde, und er erkennt sich selbst dafür. Er wird hundert Jahre erreichen; aber auch ein Jahrhundert geht vorüber, und ewig sitzt die Nachwelt. Sie, die furchtlose, unbestechliche Richterin, wird Goethe fragen: Dir ward ein hoher Geist, hast du je die Niedrigkeit beschämt? Der Himmel gab dir eine Feuerzunge, hast du je das Recht verteidigt? Du hattest ein gutes Schwert, aber du warst nur immer dein eigner Wächter! Glücklich hast du gelebt, aber du *hast* gelebt.

XII.

Ich fühlte mich wohl in Paris. Mir war, als würde ich aus der Tiefe des Meeres, wo eine Taucherglocke mir kärglichen Atem gab, wieder hinaufgehoben in die freie Luft. Das Licht der Sonne, die Menschenstimme, das Geräusch des Lebens entzückte mich. Mich fröstelte nicht mehr unter Fischen; ich war nicht mehr in Deutschland. Gute deutsche Freunde, die mein deutsches Herz besser kannten als wortfressende Rezensenten, welche mich für einen Feind des Vaterlandes erklärten, waren doch auch verwundert, mich Frankreich anpreisen zu hören. – Du und dieses Land der Untreue, des Unglaubens und der Unwahrheit! – Nein, nicht so, meine Freunde. – Die großen Vorzüge, welche wir den Franzosen gegenüber haben: der freie Sinn, der fromme Glaube, die Gerechtigkeit und allgemeine Menschenliebe, sind *innere* Güter, die jeder Deutsche mitbringen kann in jedes Land. *Äußere* Güter verlassen wir nicht im Vaterlande, und diese alle, die uns fehlen, finden wir in Frankreich. Sein eignes deutsches Herz kann man nur in Frankreich froh genießen. Dort ist es ein Ofen, der uns im kalten Lande wohltätig wärmt; aber im dumpfen Vaterhause mit seinen festverschlossenen Fenstern und Läden ist uns des Ofens Hitze sehr zur Last. Wozu die kindischen Abschiedstränen? Eine Obrigkeit, gebratene Äpfel und den Schnupfen findet man überall.

Ein alter griechischer Dichter, den Plutarch im Leben des Demosthenes anführt, sagte: »Das Notwendigste zum Glücke eines Menschen ist, in einer berühmten Stadt geboren zu sein.« Da nun mehr ist *glücklich sein* als sein *Glück machen,* was der griechische Dichter meinte, so ist in unsern Tagen das Notwendigste zum Glücke eines Menschen, in *großen* Städten leben, die das sind, was in der alten Zeit die *berühmten* waren.

Wer kein Wasser in den Adern hat, oder wem keine gütige Natur ein rosenrotes Blut gegeben, das wie ein Kind von Puls zu Puls durch das Leben hüpft: der wird in kleinen Städten leicht ein Menschenfeind, oder noch schlimmer, ein Lästerer Gottes und ein Empörer gegen seine weise Ordnung. Unter einer spärlichen Bevölkerung treten die Menschen und ihre Schwächen zu einzeln hervor und erscheinen verächtlich, wenn nicht hassenswürdig. Große Verbrechen geschehen so selten, daß wir sie für freie Handlungen erklären und die Wenigen, die sich ihrer schuldig machen, schonungslos verdammen. Ein großes Mißgeschick kehrt erst nach so langen Zeiträumen wieder, daß wir es für eine Regellosigkeit, für eine Willkür der Vorsehung ansehen, und wir murren über die böse Kometenlaune des Himmels. Aber ganz anders ist es in großen Städten wie Paris. Die Schwächen der Menschen erscheinen dort als Schwächen der Menschheit; Verbrechen und Mißgeschicke als heilsame Krankheiten, welche die Übel des ganzen Körpers, diesen zu erhalten, auf einzelne Glieder werfen. Wir erkennen dort die Naturnotwendigkeit des Bösen, und die Notwendigkeit ist eine bessere Trösterin als die Freiheit. Wenn in kleinen Städten ein Selbstmord vorfällt, wie lange wird nicht darüber gesprochen, wie viel wird nicht darüber vernünftelt! Man klagt die Gewinnsucht, die Habsucht, die Genußsucht an; man tadelt die Verführung der Spielbänke, verdammt die Grausamkeit eigensinniger Eltern, welche Liebende zum Sterben gebracht. Liest man aber in Paris die amtlichen Berichte über die geschehenen Selbstmorde, und wie in jedem Jahre die Zahl derselben sich fast gleich bleibt; wie *so* viele aus Liebesnot sich töten, *so* viele aus Armut, *so* viele wegen unglücklichen Spiels, *so* viele aus Ehrgeiz – dann lernt man Selbstmorde als Krankheiten ansehen, die, wie die Sterbefälle durch Schlagfluß oder Schwindsucht, in einem gleichbleibenden Verhältnisse jährlich wiederkehren.

Das Kammermädchen einer deutschen Dame in Paris zündete sich aus Unvorsichtigkeit die Kleider an und verbrannte. Die Dame war in Verzweiflung über das *unerhörte* Unglück. Ich gab ihr die amtlichen Tabellen der Präfektur zu lesen, woraus sie ersah, daß jährlich sechzig oder achtzig in Paris durch Feuertod umkommen und daß diese Zahl sich fast gleich bleibt. Das tröstete sie viel. Das Schicksal in Zahlen hat etwas sehr Beruhigendes, den Gründen der Mathematik widersteht keiner, und eine Arithmetik und Statistik der menschlichen Leiden würden viel dazu beitragen, diese zu vermindern. Wer ein beschauliches Leben führt, wer, die Schlafmütze auf dem Kopfe, die Pfeife im Munde, den Kaffee auf dem Tische, bequemer als ein Fürst in der warmen Loge seines Bücherzimmers sitzt, Könige vor sich spielen läßt, sie beklatscht oder auszischt und über das Narrenchor lacht, das ihnen gehorcht – dieser Glückliche wähle Paris zu seinem Wohnorte. Dort ist ein herrliches Schauspiel, wo alles dargestellt wird, was in allen Gegenden der Welt geschieht oder geschehen kann. Man bleibt in Paris so ruhig. Auch die schnellste Bewegung spüren wir nicht, weil alles, weil der Boden, auf dem wir stehen, und der Luftkreis, in dem wir leben, sich mit bewegt. Ruhe ist Glück. In diesem Sinne ist es ganz wahr, was Frau von Staël von Paris sagte: *C'est la seule ville du monde où l'on peut se passer du bonheur.* Ruhe ist Glück – wenn sie ein *Ausruhen* ist, wenn wir sie gewählt, wenn wir sie gefunden, nachdem wir sie gesucht; aber Ruhe ist kein Glück, wenn, wie in unserm Vaterlande, sie unsere einzige Beschäftigung ist. In Deutschland gehe ich aus, Bewegung zu suchen und finde sie nie; in Paris ging ich nach Hause, um Ruhe zu suchen und fand sie immer. Dort ist das Leben gesellig, die Wissenschaft gesellig, und das Bürgertum ist es auch. Die Regierung ist offen und bildet keine geheime Gesellschaft, die mit dem Kinderspuke der Freimaurerei alle Schrecken eines Glaubensgerichts verbände – Schrecken, wenn auch nur gemalte; ja diese beleidigen umso mehr, weil sie uns für Kinder erklären, für welche das genug ist.

Nur in der Jugend ist man wahrer Weltbürger; die besten unter den Alten sind nur Erdenbürger. Auch ich war jung; aber seit ich das Land der Phantasie verlassen, seit ich Deutschland bewohne, habe ich die entsetzlichste Langeweile. Die Stille hier macht mich krank, die Enge macht mich wund. Ich liebe kein Sologeräusch. Auch wenn Paganini spielt, auch wenn *Sie* singt – ich halte es nicht lange aus. Ich will Symphonien von Beethoven oder ein Donnerwetter. Ich will keine Loge selbst für mich, auch noch so breit; aber auch keine über mir. Ich will unten sitzen, umgeben von meinem ganzen Volke. Der Wert des Lebens wird in Deutschland unter der Erde, in mitternächtlicher Stille, wie von Falschmünzern ausgeprägt. Die, welche arbeiten, genießen nicht, und die, welche genießen, die, welche im Tageslichte das Werk dunkler Angst in Umlauf setzen und geltend machen, sie arbeiten nicht. In Frankreich lebt ein Lebensfroher das Leben eines Kuriers, in Deutschland das eines Postillions, der die nämliche Station immerfort hin – und zurückmacht und dem das Glück ein armseliges Trinkgeld reicht. Freilich ist uns auch jeder Stein auf unsern zwei Meilen bekannt, und wir könnten den Weg im Schlafe machen; wir haben so viel Genie als ein Pferd. Das nennen wir *gründlich* sein.

Man nennt die Deutschen *fromm, bescheiden, freisinnig.* Aber ist man fromm, wenn man den Menschen, Gottes schönstes Werk, in Stücke zerschlägt? Ist man bescheiden, wenn man hochmütig ist? Ist man freisinnig, wenn man dienstsüchtig ist? Man findet bei den Franzosen wohl auch Hochmut; aber er ist *persönlich,* seit dem alten Adam herabgeflucht, es ist kein *Gemeindehochmut,* wie bei uns; er ist nicht organisiert. Es gibt keinen Beamtenstolz, keinen Hofratsstolz, keinen Soldatenstolz, keinen Adelsstolz, keinen Professorstolz, keinen Studentenstolz, keinen Kaufmannsstolz. In Paris, wie in der kleinsten deutschen Stadt, zündet sich jede Eitelkeit ihr Stümpfchen Licht an; aber der Lichtchen sind so viele, daß eine prächtige Beleuchtung daraus wird. Der Umschwung des Lebens ist dort so rasch, daß die kleinsten Erscheinungen, durch die kürzesten Zeiten getrennt, ein erhabenes Ganze bilden. So leuchtet die matt glimmende Lunte als schönes Feuerrad, wenn man sie im Kreise schwingt.

In Deutschland gibt es keine große Stadt. Von Wien ist gar nicht zu sprechen, und von Berlin nicht auf das beste. Zwar ist dort mehr Geist zusammengehäuft, als vielleicht in irgendeinem Orte der Welt; aber er wird nicht fabriziert, er kömmt nicht in den Kleinhandel, es ist nur ein Produktenhandel. Es gibt in Berlin geistreiche Beamte, geistreiche Offiziere, geistreiche Gelehrte, geistreiche Kaufleute; aber es gibt kein geistreiches Gesamtvolk. Das gesellige Leben ist dort ein Viktualienmarkt, wo alles gut, frisch, aber nur roh zu haben ist: Äpfel, Kartoffeln, Brot, auch schöne Blumen; aber das Herz soll kein Markt sein, durch die Adern der Gesellschaft sollen keine Kartoffeln rollen, sondern Blut soll fließen, worin alles aufgelöst ist und worin man Kartoffeln und Ananas, Bier und Champagner, Witz und Dummheit nicht mehr unterscheiden kann. Der gesellige Umgang soll demokratisch sein, keine Empfindung, kein Gedanke soll vorherrschen; sondern alle Empfindungen und alle Gedanken sollen an die Reihe kommen. Und in der gesellschaftlichen Unterhaltung muß es einen Mittelpunkt geben, ein Etwas, von dem alle sprechen, weil es allen wichtig ist und das allen wichtig zu sein auch verdient. Der König ist gut, die Prinzen sind angenehm, das Theater ist schön, Rebhühner sind köstlich; aber immer vom Könige sprechen, immer von den Prinzen, immer vom Theater, *toujours perdrix* – man wird es überdrüssig.

Wenn in Deutschland selbst die großen Städte kleinstädtisch sind, so muß man, den Geist der kleinen zu bezeichnen, erst ein neues Wort erfinden. Wie in England die Teilung der Arbeiten, ist bei uns die Teilung der Vergnügungen auf das Äußerste getrieben. Man amüsiert sich homöopathisch: in einen Kübel Langeweile kömmt ein Tröpfchen Zeitvertreib. Eigentlich besitzt jede Stadt alles, was man braucht, eine angenehme Geselligkeit, einen freundlichen Herd zu bilden, um den man sich nach den Mühen des Tages versammelt, dort, nachdem man sich zu Hause die Hände gewaschen, auch das Herz zu reinigen. Aber bei uns sind die Erfordernisse zu solcher Bildung getrennt und zerstreut, und mit unglaublichem Eifer und bewunderungswürdiger Beharrlichkeit sucht man die Trennungen zu unterhalten. Hier ist der Stein, dort der Stahl; hier der Zunder, dort die feuerschlagende Hand; hier das Brennholz, dort der Herd. Sie nennen das: Klubs, Kasinos, Ressourcen, Harmonien, Kollegien, Museen. Da gesellen sich die Gleichgesinnten, die Gleichbegüterten, die Gleichbeschäftigten, die Standesgenossen. Da findet jeder nur, was er soeben verlassen; da hört jeder nur das Echo seiner eignen Gesinnung; da erfahren sie nichts Neues und vergessen sie nichts Altes. Eine solche Unterhaltung ist bloß eine fortgesetzte Tagesbeschäftigung, nur mit dem Nachteile, daß sie nichts einbringt und die Zeit rein verloren geht. In diesen Klubs herrscht die Stille eines Kirchhofes. Nichts hört man als das Beingeklapper der Billardkugeln, Würfel und Dominosteine; nichts sieht man als Rauchwolken, die wie Geister aus den Pfeifenköpfen steigen. Erst wenn neue Beamte gewählt oder neue Mitglieder aufgenommen werden sollen, besonders wenn die Vorgeschlagenen Gegner haben, kömmt Bewegung in den Tod, dann ist ein Leben, wie es auf dem altrömischen Forum war. So besteht jede deutsche Stadt aus funfzig kleinen Festungen, deren Besatzung auf nichts sinnt, als sich gegen die draußen zu verteidigen. Sie sterben lieber aus Mangel an Unterhaltung, als daß sie ihre Tore öffneten; denn ihr Zweck und ihr Vergnügen ist nicht die Vereinigung, sondern das Exkommunizieren. Wenn Polizeiminister, Diplomaten, Zentraluntersuchungskommissäre auf Urlaub mir versprechen wollen, bei jeder künftigen Gelegenheit artig gegen mich zu sein, so will ich ihnen etwas Wichtiges mitteilen, etwas Demagogisches. Es gibt in Deutschland einige Tausend Kasinos, und eine Million Menschen üben darin täglich ihr Wahl – und Stimmrecht. Zu welchem Zwecke? Die französische Regierung kann schon mit ihren achtzigtausend Wählern nicht fertig werden ... und so weiter. Ich habe es mit klugen Leuten zu tun, die schon wissen werden, was ich meine und was sie zu tun haben. Aber artig sein.

Wenn mechanische Kräfte von gleicher Größe mit gleicher Geschwindigkeit aufeinanderstoßen, halten sie sich wechselseitig auf und bleiben stehen. Sind aber die Kräfte oder ihre Geschwindigkeiten ungleich, treibt eine die andere fort, und alle kommen in Bewegung. So ist es auch mit Geisteskräften. Das ist das Geheimnis der Verdrüßlichkeit deutscher und der Annehmlichkeit französischer Gesellschaften. Wo nur Standesgenossen zusammenkommen, da wird immer die Langeweile präsidieren und die Dummheit das Protokoll führen. Kömmt, man als Fremder in eine deutsche Stadt und möchte den Geist der Bevölkerung kennenlernen, so ist das gar nicht zu erreichen. Man müßte erst ein Jahr lang alle Klubs, Kasinos und Gesellschaften besuchen und die Wahrnehmungen addieren, um zu einem Urteile zu kommen. Und auch dann würde man sich verrechnen; denn es ist mit den geselligen Stoffen wie mit den chemischen; vereinigt bilden sie einen dritten neuen Stoff. Aber eben dieses unbekannte Dritte fürchtet man in Deutschland wie den Bösen und sucht seine Entstehung zu verhindern. Als ich in Hannover in das dortige Museum eingeführt worden, fragte ich den Sekretär, aus welchen Klassen von Bürgern die Gesellschaft bestünde? Daß die Gesellschaft *klassisch* sein werde, wie überall, konnte ich mir denken. Der Sekretär antwortete mir mit triumphierender Miene: »Es sind gar keine Bürger dabei, höchstens ein paar, und wir haben zwei Minister.« Das hannövrische Museum zu besuchen, hat ein Fremder nur drei Wochen das Recht. Ich kam aus Versehen einen Tag länger, was doch verzeihlich war, da schwangere Weiber sich in ihrer weit wichtigern Rechnung so oft irren. Man warf mich zwar nicht gleich zur Türe hinaus; aber man gab mir brieflich zu verstehen, man würde mich, wenn ich wiederkäme, mit Schmerz zur Türe hinauswerfen; die eingeführte Ordnung erfordere, daß man – grob sei. Die Ordnung! Ach und Weh über die *Nomo – manie* der Deutschen. Man sollte diese lebendigen *Corpora juris* alle in Schweinsleder kleiden.

Auf meiner Reise nach Hannover blieb ich einen Tag in Braunschweig. Aus meinem Zimmer im Gasthofe konnte ich durch das Fenster eines kleinen Saales sehen, der menschenleer war und worin auf einem grünen Tische viele Zeitungen lagen. Ich schmachtete sehr nach der Frankfurter Didaskalia und sagte dem Kellner, er möchte mich in das Lesezimmer führen. Dieser antwortete, das ging nicht an, das Zimmer wäre zugeschlossen, und es wäre eine geschlossene Gesellschaft. Die Zeit wurde mir lang, es war ein schöner Tag, und ich fragte, wohin die Leute spazieren gingen. Man wies mich in Bartels Garten. Ich ging in Bartels Garten. Bartels Garten gefiel mir. Rechts war ein großer Saal, dessen Türe offen stand; ich trat hinein. Viele geputzte und schöne Damen waren da versammelt, und ein Tisch war gedeckt für mehr als hundert Personen. Ich nahm ein Messer, spießte zum Zeichen der Besitzergreifung des Gedeckes das darauf – liegende Milchbrot lotrecht an und bestellte provisorisch einen Schoppen Médoc beim Kellner. Einige alte Weiber warfen mir lange durchdringende Blicke zu. Ich lächelte, denn ich dachte, sie wollten mich agacieren; aber sie waren ganz unschuldig. Der Kellner bemerkte mir mit nordischer Artigkeit, das wäre ein *bestelltes* Essen und eine *geschlossene* Gesellschaft. Ich warf mich zum Saale hinaus. Gegenüber links war eine Reihe anderer Zimmer, worin viele Herren Tabak rauchten, Billard und Kegel spielten und andere deutsche Vergnügungen trieben. Ich wollte hineintreten, als ich an der Türe einen Zettel bemerkte, worauf mit großen Buchstaben *vermietet* geschrieben stand. Und das nennt man einen *öffentlichen* Garten. Ich setzte mich unter den Bäumen, wo noch sechs bis acht Gäste saßen, wahrscheinlich exkommunizierte wie ich. Bei dieser Gelegenheit machte ich von meiner gewohnten Lebensart eine fromme und lobenswerte Ausnahme. Sonst pflege ich täglich nur morgens und abends zu beten: *Hole euch der Teufel alle miteinander!* Aber in Bartels Garten hielt ich dieses Gebet auch nachmittags zum zweiten und vorletzten Male, am nämlichen Tage. Ich zahlte meine Bierkaltschale, sagte: *Hole euch der Teufel alle miteinander!* und eilte voller Zorn hinaus. Bäume sehe ich auf der Landstraße genug; ich war gekommen, Menschen zu sehen, und finde sie alle geschlossen wie die Spitzbuben.

Auf dieser nämlichen Reise übernachtete ich in *Eimbeck,* einem Städtchen zwischen Minden und Hannover. O ihr armen Eimbecker, wenn ihr wüßtet, welch eine greuliche Missetat ich damals gegen euch verübt, ihr würdet jammern, daß sich das Straßenpflaster erbarmte! Am 15. September 1828 bin ich nicht bloß in euerem Kasino gewesen, ohne Mitglied oder eingeführt zu sein, sondern ich habe auch darin geschlafen und habe mit dem Allerheiligsten, was sich in einem Kasino nur findet, einen sträflichen Unfug getrieben. Ich kehrte in den *Kronprinz* ein. Der Kronprinz schien gut wie die meisten Kronprinzen, doch hielt er, was er versprochen. Man schlug mein Bett in einem großen Saale auf. Das Mädchen erklärte mir auf meine Verwunderung: alle Zimmer wäre besetzt, dieses wäre der Kasinosaal, und im Sommer versammelten sich die Herren vor der Stadt in einem Garten. Ich ging im Saale auf und ab, und als Ehrenmitglied des Kasinos hielt ich es für Pflicht, stark zu rauchen. Auf dem Tische stand ein Gehäuse von grün lackiertem Blech, das ich anfänglich für einen Vogelbauer hielt, bei näherer Untersuchung aber als das Stimmgehäuse des Kasinos erkannte. Es war sehr zierlich und hatte die Form eines Gartenhauses. Auf dem Giebel des Daches stand statt der Wetterfahne eine dicke goldne Flamme. Im oberen Stocke war ein rundes Fenster, ein *Oeil de boeuf,* so groß, daß man die Hand hinein – strecken konnte. Aus diesem Loche führten zwei verschiedene Gänge in zwei Schubladen, die im untern Geschosse waren und die Haustüre vorstellten. Über der einen Schublade stand mit goldnen Buchstaben *Ja,* über der andern *Nein* geschrieben. Ich untersuchte die Schubladen und – was fand ich? Die guten Eimbecker werden schändlich betrogen und ahnden es nicht. Beide Schubladen stehen hinten durch ein geheimes Loch in Verbindung, so daß der Stimmsammler, wenn er die Hand in die Schublade bringt, die Stimmkugeln herausziehen, unbemerkt jede Kugel aus Ja in

Nein und aus Nein in Ja werfen kann. Hierdurch wird die Stimmfreiheit trügerisch, und der Kasinopräfekt hat die Wahlen ganz in seiner Gewalt. Im Eimbecker Kasino wird aber nicht mit Kugeln gestimmt, sondern mit hölzernen Eicheln, vom Posamentier mit grüner Seide überzogen. Ich steckte eine von den Eicheln ein, sie mit auf Reisen zu nehmen. Die Nacht schlief ich sehr unruhig; ich fürchtete, der Geist des beleidigten Gesetzes würde vor mein Bett kommen und mich erwürgen. Die gestohlene Eichel ließ ich in Hamburg auf eine grüne seidene Mütze nähen, welche Mütze ich ein Jahr später, da sie alt geworden war, einem Kutscher in Mainz schenkte. Wie schauerlich sind die Wege des Schicksals! Eine Stimmeichel aus dem Kasion von Eimbeck auf der Nachtmütze eines Mainzer Lohn-kutschers! Und der Mensch jammert, daß er sterblich ist?

Giace l'alta Cartago, a pena i segni
De l'alte sue ruine il lido serba.
Muoiono le città, muoiono i regni,
Copre i fasti e le pompe arena ed erba;
E l'uom d'esser mortal par che si sdegni?
O nostra mente cupida e superba

XIII.

Soden, den 25. Mai

Eine Anekdote darf nie zu Fuße gehen, sie muß sich zu Pferde setzen und im Galoppe davoneilen. Aber es gibt Menschen, die brauchen längere Zeit, ein Geschichtchen zu erzählen, als die Zeit Zeit braucht, es geschehen zu lassen. Das sind die Generalpächter der Langeweile, die nicht dulden, daß ein anderer, der nicht von ihrer Gesellschaft ist, auch nur das kleinste Langeweilchen einführe.

– Der Bionom *Butte* gibt der Menschheit eine Lebensdauer von zwanzigtausend Jahren, welches nicht sonderlich großmütig ist. Hätte es Herrn Butte etwas gekostet, sie zwanzigtausend Millionen Jahre leben zu lassen? Was nützt es uns übrigens, die Lebensdauer der Menschheit zu kennen, da wir darum doch nicht wissen, wie weit sie noch vom Tode hat, weil wir ihre schon verlebten Jahre nicht gezählt haben? Die Frau Menschheit ist gewiß älter, als sie gesteht, ob man zwar, da sie eine echte Schwäbin ist, glauben sollte, sie wäre noch keine vierzig Jahre alt. Herr *Gruithuisen* in München ist doppelt so freigebig als Herr Butte. Nach ihm würde der Mond in dreißig und etlichen tausend Jahren der Erde einen Besuch machen; es muß also angenommen werden, daß alsdann die Menschheit noch leben wird. Ließe sich denken, daß der Mond ein ausgestorbenes Haus besuchen oder eine so weite Reise machen sollte, bloß um eine Träne am Grabe der Menschheit zu weinen? Nimmermehr. Diese etliche und dreißigtausend künftigen Jahre, mit den schon verlebten zusammengerechnet, machten also vierzigtausend. Wer hat nun recht, Herr Butte oder Herr Gruithuisen? Das ist eine Sache, worüber wir vernünftigen Leute nicht urteilen können; diese Frage gehört vor das Tollhaus.

– *Bonifaciopolis* nannte ein Kirchenrat Petri die Stadt *Fuld* in einem Liede, das er der abgereisten *Landesmutter* bei einem »*Natur – und Staatsfeste*« nachgesungen.

Landesmutter und Kirchenrat,
Bonifacius, Natur und Staat,
Geistlicher, betrunkene Gäst –
Sprich! wie reimt man das am best'?
Bonifacius kam aus England;
Landesmutter ist verbannt;
Kirchenräte treiben Tand;
Dem Staate ist zur linken Hand
Natur getraut in manchem Land;
Woher viel Übel stammen. –
So reimt sich das zusammen.

– Das Leben *Carnots* von Körte, das ich in diesen Tagen gelesen, hat mir die alte Überzeugung verjüngt, daß bei der gegenwärtigen Einrichtung der bürgerlichen Gesellschaft ein tugendhafter Mann dem Staate durchaus keinen Vorteil bringt. Carnot war ein edler Charakter, im reinsten antiken Stile gebildet; er war uneigennützig, jeder Regung seines Herzens, jeder eignen Meinung entsagend; er gehorchte immer den Gesetzen, er gehorchte selbst jeder Obrigkeit, sobald diese sich der Macht bemächtigt und vom Volke anerkannt war; er hatte mehr das Vaterland im Auge. Und doch muß man sich gestehen, daß, wenn Carnot seinem Vaterlande gute Dienste geleistet, er dieses nicht *durch* seine Tugend, sondern *trotz* ihr getan, und daß jeder Schurke von Talent das gleiche mit gleichem Nutzen für die öffentliche Sache hätte vollbringen können. Es ist eigentlich selbst in unseren Tagen nicht das *Wesen* der Tugend, das man gering schätzt, sondern nur ihr *Schein,* weil er, mit allen Einrichtungen im Widerspruche stehend, sich lächerlich darstellt. Auch der reinste Ton klingt widerlich, wenn er sich in eine Harmonie mischt, die ihm fremd ist. Wenn Carnot, da er einst als Kriegsminister mit einer Lieferantengesellschaft einen Kontrakt für den Staat abgeschlossen, wenn dieser das in Frankreich bei solchen Anlässen immer üblich gewesene Geschenk nicht annimmt, einen Beutel mit dreitaußend Louisdors zurückgibt und man die Spitzbuben von Lieferanten ins Fäustchen lachen sieht, – wenn er ein anderes Mal unter der räuberischen Direktorialregierung von einer Summe, die ihm zu einer Amtsreise gegeben worden, nach seiner Rückkehr dasjenige Geld in den Staatsschatz zurückschickt, das ihm übriggeblieben – muß man dann nicht bei aller Bewunderung solcher Tugend etwas spötteln? Ein tugendhafter Bürger, der heute der öffentlichen Sache dienen will, bedarf einer größern Entsagung als im Altertum, denn er muß ein Opfer bringen, das selbst der Tugend zu schwer fällt; er muß seine Ehrlichkeit mit der Maske der Spitzbüberei bedecken. Den erhabensten Charakter eines guten Bürgers und wie ihn die alten Zeiten nicht hatten, hat uns *Cooper* in seinem *Spion* aufgestellt. Viele andere haben für das allgemeine Wohl einen schmerzlichen Tod erduldet; aber Coopers Spion allein hat für sein Vaterland ein schmerzvolles Leben geführt!

Wie verzweifelnd die Lage Napoleons nach seiner Rückkehr von Elba gewesen, zeigt sich in nichts mehr, als daß er Carnot zum öffentlichen Dienste verwendete und ihn lieben und achten lernte. Aber solche Zeit der Not kann für alle Fürsten eintreten, und es wäre daher sehr weise, wenn sie in ihrem Schatze, unter ihren Kronjuwelen auch einige Seltenheiten von ehrlichen Menschen aufbewahrten und neben ihren geheimen Räten auch geheime *Widerräte* besoldeten. Die Höfe haben so viele Sinekur - Stellen – warum errichtet man nicht auch ein Ministerium der tugendhaften Angelegenheiten?

– Das Herz kömmt jeden Morgen warm und mürbe aus dem Backofen des Bettes, und abends ist es kalt, hart und trocken, wie eine alte Semmel. Der Morgen, der Frühling des Tages, schmilzt die Bosheit des vorigen

Abends weg. Ach! wenn der Schlaf nicht wäre, es wäre besser ein Krebs sein, als Mensch und unter Menschen leben!

– Eine Kutsche fährt in den Hof; darauf ein Turm von Schachteln gebaut. Das ist ja prächtig, es sind Frauenzimmer! Ich lag mit meiner langen türkischen Pfeife am Fenster des ersten Stockes und klopfte mutwillig mit dem Pfeifenkopfe auf einen Hutsarg. Da war es mir, als flüsterte eine Geisterstimme zu mir hinauf: ich räche den Frevel! Eine kleine weiße Hand reichte eine Viertelstunde lang bewegliches Gut aus dem Wagen. Es war zum Sterben vor Ungeduld. Man klopfte an meiner Türe, ich wendete mich um, und als ich wieder hinaussah, war der Wagen leer, und der Nachzug eines grünen Schleiers schwebte ins Haus hinein. Wie heißt sie? frug ich den Wirt. – Madame Molli. – Wer ist ihr Mann? – Sie ist Witwe. – Witwe! sehr schön; aber eine Madame! Das ist schlimm. Ich besitze funfzig Komödien von Scribe, die ein vollständiges Linnéisches System von allen Witwengattungen in der Natur aufstellen. Aber Scribes Witwen sind alle von Adel: Frau von Coulanges, Gräfin von Rozières, Marquise von Depre. Wer lehrt mich mit einer bürgerlichen Witwe umgehen? Ich versuche es. Bin ich doch jetzt der einzige Mann im Bade. Die Krankheit hat einige interessante melancholische Züge in meinem Gesichte zurückgelassen, und die Weiber trösten gern. Ich werde ihr unter den Bäumen begegnen und trübsinnig mit verschränkten Armen, ohne zu grüßen, an ihr vorübergehen. Ich fülle meine Taschen mit Kreuzern und verteile sie rechts und links an die Dorfarmut. Ja, ich kann in einiger Entfernung von ihr meine Uhr unter dem Rocke hervorziehen, sie küssen und an mein Herz drücken. Das Gold blinkt in der Sonne, und sie wird es wohl für ein Medaillon ansehen. – Eine abwesende Geliebte? Oder ist sie tot? – O, das wirkt! Bei Weibern ist die Liebe so oft eine Tochter als die Mutter der Eifersucht. Und vor allen du, mächtige Göttin, siegreiche Langeweile – du zauberst ihr wohl etwas von meiner Jugend, meiner Schönheit, meiner Liebenswürdigkeit vor. Aber wer mag die andere sein? Ihre Tochter? Nicht möglich. Warum nicht möglich? Ich weiß schon nicht mehr, was ich spreche. Ihre Schwester, ihre Cousine, ihre Freundin – gleichviel. Zwei, umso besser. Ich muß mich heute noch sehen lassen. Ihr Fenster geht nach dem Garten. Ich sitze in der Laube, lese Pfisters Geschichte der Deutschen und streiche eine Träne aus meinen Augen. Das Buch ist hellblau gebunden und kann etwas Romantisches vorstellen. Sie bemerken mich gewiß. Heute sprechen sie von mir, morgen über mich, übermorgen mit mir, in drei Tagen zu mir. Schließ deine Rechnung mit dem Himmel, Witwe; dein Herz ist mein; kein Gott kann dich retten!

XIV.

Wo Weiber einkehren, da folgt auch bald Vokalmusik. Schon frühe morgens hörte ich zwei angenehme weibliche Stimmen *Conrad, Conrad* durch das Haus tönen. Die eine Stimme betonte die letzte Silbe und rief *Conrad,* die andere die erste und rief *Conrad.* Wie ungeduldig! Wenn das die Stimme der Witwe ist, wird sie mir viel zu schaffen machen. Ich bin aber auch für mein Alter noch ziemlich dumm. Ein erfahrner Mann würde eine Witwenstimme von hundert andern Stimmen unterscheiden; denn sie hat gewiß etwas Eigentümliches.

– Nein, Madame Molli ist nicht die Heftige. Ich begegnete ihr im Gange. Eine edle schlanke Gestalt mit etwas blassem Gesichte. Das ist eine schöne Blässe! Das schüchterne Blut meidet die freien Wangen; aber im häuslichen Herzen, da zeigt es sich freudenrot und liebeswarm.

Sie hat eine Art sich zu verneigen, die mir ungemein gut gefällt. Es ist, als wenn ein Lüftchen sich beugte, es ist, als wenn uns eine Blume begrüßte.

– Während die Frauenzimmer ausgegangen waren, trat ich in das offenstehende Zimmer, worin das Mädchen säuberte. Dreizehn ausgeleerte Wasserflaschen standen umher. Ich stellte sie in Reihe und Glied vier Flaschen hoch, und die dreizehnte als Lieutenantin voraus. Kämen sie nur zurück und sähen die Parade!

Sie haben auch Bücher. Die Stunden der Andacht. Was schadet's? Der Tag hat vierundzwanzig Stunden und Zeit für alles. Heines Reisebilder. Ossian. Volneys Ruinen, aus der Leihbibliothek. Ist das Ernst oder glaubten sie, es sei eine Räubergeschichte? Abraham a Sancta Clara. Das wunderte mich etwas von Frauenzimmern, die dreizehn Flaschen Wasser verbrauchen: jeder Humor hat doch etwas Unreinliches. Laßt die Toten ruhen, von Raupach. Uhlands Gedichte. Der liebe Uhland! Er begleitet mich auf allen meinen Wegen. Ja, so laß ich mir es gefallen! Das ist auch alte Zeit; aber sie ist kindlich, nicht kindisch; sie ist heiter, keift nicht mit der Jugend, sondern spielt mit ihr. Das ist auch süße Minne; aber süß wie Zucker, nicht wie Sirup. Das sind auch treue Bürger; aber demütig sind sie nicht. Das sind auch mutige Ritter; aber hochmütig sind sie nicht. Das ist auch Königsglanz; aber er blinkt nicht wie kalte Sterne, er strahlt wie die Sonne herab und erwärmt die niedrigste Hütte. Golden und warm ist Uhland, wie die Krone in der Schäferin Hand.

– Habe Goethes westöstlichen Divan geendigt. Ich mußte ihn mit *Verstand* lesen; mit *Herz* habe ich es früher einmal versucht, aber es gelang mir nicht. So mit keiner Schrift des Dichters, den Ante – Aulischen Werther ausgenommen, den er geschrieben, sich mit der zudringlichen Jugend ein für alle Male abzufinden.

Welch ein beispielloses Glück mußte sich zu dem seltenen Talente dieses Mannes gesellen, daß er sechzig Jahre lang die Handschrift des Genies nachmachen konnte und unentdeckt geblieben!

Nein, das sind keine Weingesänge, das sind keine Liebeslieder! Das sind keine losen, das sind feste Gedichte. Wohl anmutig säuselt die Luft durch Zweige und Blätter und schüttelt sie freundlich; aber den starren Stamm bewegt sie nicht. Was wurzelt, ist halb der Nacht, halb dem Lichte und hat nur halbes Leben. Warum, ein freier Mann, orientalisch dichten? Gefangene sind jene, die durch das Gitter ihres dumpfen Kerkers hinaussingen in die kühle Luft. Das Lied ist leicht, das Herz ist schwer. Selbst Salomon seufzte bei Wein und Kuß, und er war Herr; wie mochten erst seine Sklaven lieben und trinken! Von den Orientalen stammen alle Religionen. Gottes Schrecken und Milde, Zorn und Liebe war in ihren despotischen Herrschern ihnen näher geführt als den freien Abendländern. Ihre Poesie ist kindlich, weil aufgewachsen unter dem Schutze und den Augen ihres Vaters; aber auch kindisch aus Furcht.

Das zahme Dienen trotzigen Herrschern hat sich Goethe unter allen Kostbarkeiten des orientalischen Bazars am begierigsten angeeignet. Alles andere *fand* er, dieses *suchte* er; Goethe ist der gereimte Knecht, wie Hegel der ungereimte.

Goethes Stil ist zart und reinlich: darum gefällt er. Er ist vornehm: darum wird er geachtet – von andern. Ich aber untersuchte, ob die so glatte Haut Kraft und Gesundheit bedecke, und ich fand es nicht; fand keine Ader, die von der lilienweißen Hand den Weg zum Herzen zeige. Goethe hat etwas Würdiges, aber diese Würde kömmt nicht von seiner Herrlichkeit, sondern von glücklicher Anmaßung, von Etikette. Wie ein König hat er schlau und wohlbedacht alles berechnet und angeordnet, statt *Ehrfurcht,* dieses ursprüngliche Gefühl, welches die gottentsprungene Macht erweckte, *Ehre* und *Furcht* zu erzwingen. Genug für die, welchen solche Huldigung genug ist; aber nicht genug für uns, die wir nur mit dem Herzen dienen. Blinzeln wir auch, wenn es uns um die Augen flittert, lassen wir uns doch nicht verblenden; stutzen wir auch, wenn machtgewohnte Mienen und Worte uns engegenkommen, kehren wir doch bald zurück und fragen: wo ist das Recht?

Goethe spricht langsam, leise, ruhig und kalt. Die dumme scheinbeherrschte Menge preist das hoch. Der Langsame ist ihr bedächtig, der Leise bescheiden, der Ruhige gerecht und der Kalte vernünftig. Aber es ist alles anders. Der Mutige ist laut, der Gerechte eifrig, der Mitleidige bewegt, der Entschiedene schnell. Wer auf dem schwanken Seile der Lüge tanzt, braucht die Balancierstange der Überlegung; doch wer auf dem festen Boden der Wahrheit wandelt, mißt nicht ängstlich seine Schritte ab und schweift mit seinen Gedanken nach Lust umher. Seht euch vor mit allen, die so ruhig und sicher sprechen! Sie sind ruhig aus Unruhe, scheinen sicher, weil sie sich unsicher fühlen. Glaubet dem Zweifelnden und zweifelt, wenn man Glauben gebietet. Goethes Lehrstil beleidigt jeden freien Mann. Unter allem, was er spricht, steht: *tel est notre plaisir;* Goethe ist anmaßend oder ein Pedant, vielleicht beides.

Goethes Gedanken sind alle ummauert und befestigt. Er selbst will, sein Leser kann nicht mehr hinaus, sobald er in sie eingedrungen. Das Tor schließt sich hinter ihm, er ist gefangen. Goethe, weil er beschränkt ist, beschränkt. Das Umflattern der Phantasie, der eigenen wie der fremden, belästigt ihn; er stutzt sie, und der flügellahme Leser preist einen Dichter hoch, zu dem er sich nicht zu erheben braucht, weil er so gütig ist, auf gleichem Boden mit ihm zu stehen.

Goethe verbietet, ja selbst dem Eigenwilligsten verhindert er das Selbstdenken. Und sage man nicht: es geschieht, weil er den Gegenstand bis auf den Grund ausschöpft, weil er der Wahrheit höchste Spitze erreicht. Der menschenliebende, gottverwandte Dichter entführt uns der Schwerkraft der Erde, trägt uns auf seine feurigen Flügel hinauf bis in den Kreis des Himmels, dann senkt er sich, auch seine andern Kinder zu heben; uns aber zieht die Sonne an. Sinken wir mit dem Dichter zurück, so ist es, weil er den irdischen Dunstkreis nicht verließ. Der wahre Dichter schafft seinen Leser zum Gedichte, das ihn selbst überflügelt. Wer nicht dieses vermag, dem ist nichts gelungen. Ein Gesell zieht er Gesellen an; aber er ist kein Meister und bildet keinen.

XV.

Soden, den 30. Mai

Was mich in Paris am meisten ansprach, war die Vermischung der Stände. Ich sah in *einem* Glase alle Bestandteile der bürgerlichen Gesellschaft vereinigt: das zog sich an, stieß sich ab, gärte, zischte, schäumte, und am Ende mußte jeder von seiner Natur etwas ablassen und von der fremden etwas annehmen. Ich sah das Leben einmal auf dem nassen Wege, ich kannte früher nur das auf dem trockenen. Aber nicht bloß dieser chemische Prozeß machte mir Freude, sondern auch so mancher unauflösliche Deutsche, der daran keine Freude fand. Von den vielen unter uns, die keinen neben sich dulden können und die, wenn sie keinen Herrn vor sich und keinen Diener hinter sich haben, sich für verlorne Menschen halten und wimmern – traf ich mehrere in den Pariser Gesellschaften. In ihrer Angst, die feindlichen Stoffe zu vermeiden und die freundlichen im Wirrwarre aufzufinden, wußten sie gar nicht, wo sie sich hinwenden sollten, und gleich einer vom Wasserstrudel ergriffenen Nußschale drehten sie sich um sich selbst und kamen nicht von der Stelle. Diesen gefiel es gar nicht in Paris, und sie waren recht froh, als sie wieder nach Hause kamen, jeder in seine heimatliche Schublade, worin jeder trocken blieb und alles galt.

Es trat einmal ein deutscher Freund noch spät abends mit lautem Lachen in mein Zimmer und erzählte mir: er habe bei Lafitte zu Mittage gegessen und unter den Fremden wäre auch ein halbes Dutzend Frankfurter Bankiers gewesen, zur Hälfte christlichen, zur Hälfte jüdischen Glaubens. Lafitte dachte seinen Frankfurter Gästen keine größere Artigkeit erzeugen zu können, als wenn er sie alle nebeneinander setzte, und so kam durch eine fürchterliche Erderschütterung ein Frankfurter christlicher Kaufmann neben einem jüdischen zu sitzen. Die Christen verloren alle Haltung, rutschten auf ihren Stühlen unruhig hin und her und bekamen Zuckungen in den Ellenbogen. Zuletzt aber brach die auf Lebenszeit eingesperrte Artigkeit gegen Juden in der Verzweiflung durch und warf alles vor sich nieder. Der eine Jude, ein neckischer Mensch, versuchte mehrere Male seinen christlichen Nachbar zur Besinnung zu bringen und ihn durch das einfache Mittel, daß er ihn um den Schinkenteller bat, gelind daran zu erinnern, wer sie beide eigentlich wären und was sie unterscheide. Aber es half alles nichts, die Christen in ihrem Taumel blieben höflich den ganzen Abend. Ja nach dem Essen nahm jeder seinen jüdischen Landsmann unter den Arm, ging mit ihm im Kaffeesaale auf und ab und erkundigte sich auf das freundschaftlichste nach dem Befinden der *Kanzen* und *Restanten*.

Ein anderes Begegnis hatte ich in Paris mit einem deutschen Baron. Zwischen Edelleuten und Bürgerlichen alles gleich gesetzt: Herz, Geist, Bildung, Sitte, ziehe ich den Umgang des Edelmanns dem des Bürgerlichen vor, wie den Sonntag dem Wochentage. Beim Bürgerlichen ist alles Geschäft, selbst das Vergnügen; beim Edelmanne alles Vergnügen, selbst das Geschäft. Ich hasse daher keinen Edelmann, ich hasse nur *alle* Edelleute, und nicht wegen ihrer Fehler, die wir Bürgerlichen ja auch haben, sondern wegen ihrer schönen Eigenschaften, die sie ihren Vorrechten verdanken.

Jemand lieb' ich, das ist nötig;
Niemand hass' ich; soll ich hassen,
Auch dazu bin ich erbötig,
Hasse gleich in ganzen Massen.

Aber jenen Baron hasse ich nicht bloß massiv, sondern auch insbesondere. Er war ein Prototyp von Hochmut, und dem Hochmute gegenüber bin ich ein Prototyp von Ungeduld. Ich lernte ihn in den Bädern von Ems kennen, und er mich. Bei Tische häufte er einmal Knochen auf einen Teller, rief seinen Bedienten herbei und befahl ihm laut vor zweihundert Menschen, er solle das dem Hunde bringen. Der junge Bauerssohn hatte mehr Ehre als der Edelmann und ward rot vor Scham. Ich ward blaß vor Ärger, häufte auch von meinen Resten einen Teller voll, reichte ihn dem Bedienten und sagte: Ich hoffe, der Hund werde auch bürgerliche Knochen nicht verschmähen. Der Baron schwieg ganz still. »*Il n'y a pas de réparation*« – hörte ich einmal im Konzerte zu Frankfurt eine alte Gräfin zu einem jungen Gesandtschaftsattaché sagen, als er ihr mit Lachen erzählte, es habe ihn soeben jemand einen Schlingel geheißen, weil er einen Stuhl habe wegziehen wollen, auf den sich »*sa bourgeoise*« gelehnt.

Zu gleicher Zeit befand sich ein Hofrat in Ems, der die närrische Leidenschaft hatte, nach den Wappensiegeln aller adeligen Familien zu jagen. Er drängte sich an jeden Edelmann und kroch so lange an ihm herum und bettelte, bis ihm der gnädige Herr sein Petschaft rot oder gelb abdruckte. Er nannte jeden Edelmann einen Baron, jeden Baron einen Grafen, zu jedem Grafen sagte er Ew. Erlaucht, und zu jeder Erlaucht Ew. Durchlaucht. So kam er auch in meiner Gegenwart zum Baron, der von alter Familie war, fragte ihn nach den Verzweigungen seines Geschlechts und bat gehorsamst um ein Siegel. Der Baron sagte es ihm mit Vergnügen zu, worüber ihm aber seine Zigarre verlöschte. Der dankbare Großsiegelbewahrer flog nach dem Lichte und brachte einen brennenden Fidibus zurück. Bei dieser Gelegenheit nahm ich mir die Freiheit, mich etwas über adlige Wappen lustig zu machen und fragte unter andern: woher es käme, daß meistens Vieh darauf vorkomme? Man sollte glauben, meinte ich, die Stifter der edlen Familien seien alle Viehhändler, Jäger oder Menageriewärter gewesen. Das wäre wohl leicht möglich – bemerkte ein anderer Plebejer, der noch naseweiser war als ich. Der Baron nahm uns das sehr übel; aber sprach kein Wörtchen. Was wollte er tun? *Il n'y a pas de réparation* zwischen einem Bürger und einem Edelmanne.

Der Baron war sehr kränklich und für seine Gesundheit noch ängstlicher besorgt, als nötig war. Er scheute die freie Luft, den Wind, die Sonne, die Nähe des Flusses, war jeden Abend um sieben Uhr schon in seinem Zimmer und schloß die Fenster präzise mit Sonnenuntergang. Er war besonders auf seinen Kopf bedacht, den er selbst bei Tische mit einem roten ledernen Jakobinermützchen bedeckt hielt und mit dessen schwarzer Troddel er etwas kokettierte. Nun geschah es, daß der Herzog von Clarence, der damals in Ems war, zu Ehren einer jungen und schönen Prinzessin ein kleines Fest im Freien gab. Alle Edelleute unter den Badegästen waren dazu eingeladen. Meinen Baron hatte man vergessen, er war in Verzweiflung. Als endlich um zwei Uhr mittags noch keine Einladung gekommen, ging er in den Garten zum Badekommissär, der die Einladungsliste für den Herzog verfertigt hatte, und fragte ihn, warum er allein zurückgeblieben sei? Der Kommissär entschuldigte sich, und als gerade ein Lakai des Herzogs die Straße heraufkam, ging er ihm entgegen, zog den Hut vor ihm ab und bat ihn höflichst, gegenwärtigen vergessenen Baron nachträglich zu seiner Hoheit einzuladen. Der Lakai fragte nach seiner Wohnung, der Baron erwiderte, er ginge eben nach Hause, ging wirklich dahin, und der Lakai folgte ihm. Als er unter der Türe seiner Wohnung gekommen, blieb er stehen, drehte sich um und ließ sich einladen. Ich bewunderte die chinesische Geistesgegenwart sowohl des Lakaien als des Barons.

Die Gesellschaft des Herzogs wurde im Garten der *vier Türme* gehalten, der zwischen der staubigen Landstraße und dem zugluftigen Flusse liegt. Ich unter vielen andern Maulaffen stand vor der Gartenmauer und sah der Herrlichkeit zu. Es war lauter edler Pathos und keine einzige *phthisis ignobilis* dabei. Ich konnte mir gar nicht erklären, wie eine hochgeborne Brust die Schwindsucht bekommen könne, und der vorübergehende Brunnenarzt, dessen Weisheit ich in Anspruch nahm, sah sich erschrocken um und fragte mich, ob ich des Teufels wäre? Der Herzog hatte den Hut auf, alle übrigen Herren, selbst kleine regierende Fürsten waren unbedeckt, mit dem Hinterkopfe der sengenden Julisonne, mit dem Vorderkopfe der windigen Lahn bloßgestellt. So standen sie zwei Stunden lang regungslos wie die Hermen; sie machten keinen Schritt. Die Prinzessin, eine liebenswürdige und lebhafte Dame, ging umher und wechselte einige Worte mit den Gästen; aber an unseren Baron kam diese Ehre nicht. Ich war vor Erstaunen außer mir, daß ein so kranker und ängstlicher Mensch seine Gesundheit und Ruhe einer fruchtlosen Eitelkeit aufopfern und sich in eine Gesellschaft einbetteln mochte, in der er so wenig bemerkt wurde als ich, der ich außen stand. Aus Schadenfreude drückte ich den Hut recht fest in den Kopf hinein und hielt das Schnupftuch vor dem Munde, um an die Gefahr des Staubes und des Windes zu erinnern. Der Baron stand hinter der Gartenmauer, mir ganz nahe, bemerkte meine diätetischen Maßregeln und sah mich mit neidischen und kummervollen Blicken an.

Den andern Tag war er krank, ernsthaft oder in der Einbildung, und blieb im Bette.

Diesen Baron fand ich in Paris in der Abendgesellschaft einer Herzogin. Als ich bei meiner Runde ihn bemerkte, ging ich artig, ja freundschaftlich auf ihn zu, wie man sich in der Fremde immer freut, auch dem gleichgültigsten Bekannten zu begegnen. Er aber, als wäre er in einem deutschen Bade, wo sich die Adligen von den Bürgerlichen absondern, als hätten sie die Krätze – sie oder sie – wendete sich um und wollte mich nicht gesehen haben. Ich kam gerade aus dem *Varietés* und war voll der schönsten Malicen. Ich machte eine halbe Tour um den Baron, bis ich seinem Gesichte gegenüber kam, reichte ihm die Hand und sagte: *man cher Baron,* ich bin ungemein erfreut, Sie hier zu finden. Dann *moncherte* ich ihn den ganzen Abend sehr laut und wich ihm nicht von der Seite. Als die Partien arrangiert wurden, zwang ich ihn, Ecarté mit mir zu spielen. Die Herzogin kam auf einige Minuten an unseren Tisch. Ich stand auf, nahm den Baron bei der Hand und sagte: Ich empfehle diesen Freund und Landsmann Ihrer Güte; er ist nach mir der liebenswürdigste aller Deutschen. »Sie sind sehr bescheiden« – erwiderte die Herzogin. Ich durfte mir aber schmeicheln, daß dieser Fächerschlag dem Baron gegolten und nicht mir. Der Baron war so entzückt und verwirrt, als die Herzogin mit ihm sprach, obzwar deren Adel zwanzig Jahre jünger war als sie selbst, daß er, ohne es zu bemerken, mit dem Arme eine seiner vier Marken wegschob. Dadurch überholte ich ihn im nächsten Spiele, und er verlor die Partie, welches mir große Freude machte.

Biographie

1786
6. Mai: Carl Ludwig Börne (eigentlich: Löb Baruch) wird als drittes von
fünf Kindern eines Wechselmaklers und einflußreichen Mitglieds der jüdischen Gemeinde in Frankfurt am Main geboren und wächst unter den
Bedingungen des Ghettos auf.

1800
Börne besucht das gerade gegründete Internat des Orientalisten Johann
Wilhelm Friedrich Hezel in Gießen (bis 1802).

1802
Übersiedlung nach Berlin. Da der Beruf des Arztes zu den wenigen gehört,
dessen Ausübung den Juden in Frankfurt am Main erlaubt ist, will Börne
am jüdischen Krankenhaus von Dr. Marcus Herz Medizin studieren.
Er lebt im Hause des Mediziners. Dessen Ehefrau, Henriette Herz, betet
er leidenschaftlich an. Zur Vorbereitung auf das Studium erhält er Privatunterricht.

1803
19. Januar: Als Marcus Herz stirbt, wird Börnes Zuneigung zu dessen
Witwe immer ungestümer.
Sommer: Henriette Herz veranlaßt, daß er seine Studien in Halle fortsetzt.
Da seine Kenntnisse unzureichend sind, kann das Medizinstudium noch
nicht aufgenommen werden. Er nimmt weiter Privatunterricht.

1804
April: Immatrikulation an der Medizinischen Fakultät in Halle. Er hört
Vorlesungen bei dem Naturphilosophen Henrik Steffens und dem Theo-
logen Friedrich Schleiermacher.

1807
Auf Anordnung des Vaters setzt Börne sein Studium in Heidelberg fort.
Er gibt das Medizinstudium auf, schreibt sich für die Rechts- und Kame-
ralwissenschaften ein, was veränderte politische Verhältnisse ermöglichen.

1808
Der Vater verlangt erneut einen Wechsel des Studienortes. Börne geht
nach Gießen.
Promotion zum Dr. phil. der Staats- und Kameralwissenschaften.
»Freimütige Bemerkungen über die Sättigkeits- und Schutzordnung für
die Judenschaft in Frankfurt am Main« (Abhandlung).
Börne wird in die Freimaurerloge »Zur aufgehenden Morgenröthe« in
Frankfurt aufgenommen.

1811

Börne bekennt sich in zwei Reden enthusiastisch zu den Ideen des Freimaurertums.

28. November: Durch Vermittlung seines Vaters tritt er eine Stelle als Polizeiaktuar in der Oberpolizeidirektion von Itzstein an, die ihren Sitz in Frankfurt hat.

1813

Die Stadt Frankfurt erklärt die auf dem Wiener Kongreß errungenen Bürgerrechte für die Juden für ungültig und läßt die Bestimmungen des Judenstatus wieder in Kraft treten.

Es wird versucht, Börne aus dem Amt zu drängen.

1815

März: Börne wird endgültig aus dem Amt vertrieben. Es gelingt ihm jedoch, eine Jahrespension von 400 Gulden auszuhandeln.

1817

Bekanntschaft mit Jeanette Wohl, die fortan seinen Lebensweg prägt als engste Freundin, Kritikerin, Lektorin und Anregerin.

1818

5. Juni: Börne tritt zum Protestantismus über und nimmt den Namen Ludwig Börne an, um künftig als unabhängiger Schriftsteller wirken zu können.

Er gibt im Selbstverlag die Zeitschrift »Die Waage. Eine Zeitschrift für Bürgerleben, Wissenschaft und Kunst« heraus, die 1821 wegen ihrer Angriffe gegen Metternich verboten wird.

Beginn der journalistischen Laufbahn.

Zahlreiche Literatur- und Theaterkritiken.

1819

Januar-Juni: Börne übernimmt die Redaktion der »Zeitung der Freien Stadt Frankfurt«, die er jedoch wegen Übertretung der Zensurvorschriften aufgeben muß.

Danach redigiert er die Wochenschrift »Die Zeitschwingen«, die ebenfalls verboten wird.

September: Erste Rheinreise. Begegnung mit Josef Görres, Friedrich Daniel Schleiermacher, dem Staatsrechtler Karl Theodor Welcker, August Wilhelm Schlegel und Ernst Moritz Arndt.

Oktober: Reise nach Paris, um der beginnenden Demagogenverfolgung zu entgehen.

1820

März: Börne wird für zwei Wochen verhaftet.

Mai: Zweite Rheinreise.
Freie Mitarbeit an der liberalen »Neckarzeitung«, am »Morgenblatt für gebildete Stände« und an den »Politischen Annalen«.

1821
»Monographie der deutschen Postschnecke« (Humoreske).
Umzug nach Stuttgart.
Börne begleitet seinen Vater auf einer Reise nach München.
Die letzten vier Hefte der »Waage« erscheinen.

1822
Der humoristische Aufsatz »Der Eßkünstler« erscheint im »Morgenblatt für gebildete Stände«.
Juni: Börne reist mit Jeanette Wohl nach Paris.
Er schreibt die »Schilderungen aus Paris«, die in unregelmäßigen Abständen in Cottas »Morgenblatt« erscheinen (bis 1824).

1824
Zweiter längerer Aufenthalt in Paris.

1825
Eine pathetische »Denkrede auf den verstorbenen Jean Paul« erscheint im »Morgenblatt für gebildete Stände« und in der »Iris. Unterhaltungsblatt für Freunde des Schönen und Nützlichen«.

1827
Börne lebt größtenteils in Frankfurt am Main.
»Bemerkungen über Sprache und Stil« (Aufsatz).
Erste freundschaftliche Begegnung mit Heinrich Heine in Frankfurt, der ihn auf seinen Verleger Julius Campe aufmerksam macht.

1828
Zweimonatiger Besuch in Berlin. Begegnungen im Umkreis von Felix Mendelssohn-Bartholdy, Rahel Varnhagen, Alexander von Humboldt.
»Über den Charakter des Wilhelm Tell in Schillers Drama« (Aufsatz).

1829
Börnes »Gesammelte Schriften« (8 Bände bis 1834) erscheinen bei Campe.
Fortschreitende Krankheit. Kuraufenthalte in Ems und Soden.

1830
Herbst: Börne siedelt, von der französischen Julirevolution angezogen, endgültig nach Paris über, wo er zum Wortführer der kleinbürgerlich-revolutionären Demokraten wird.

Er arbeitet an seinem Hauptwerk, den »Briefen aus Paris«, deren Basis der Briefwechsel mit der Freundin Jeanette Wohl ist.

1831
Aufenthalt in Baden-Baden und in Paris.
Wiederbegegnung mit Heine in Paris. Unterschiedliche Einschätzungen der französischen Julirevolution und ihrer Folgerungen für Deutschland führen jedoch zu einer Entfremdung zwischen ihnen.

1832
Der erste Teil der »Briefe aus Paris« (bis 1833) erscheint und findet stürmischen Absatz, wird wenig später beschlagnahmt und verboten.
Jeanette Wohl heiratet Salomon Strauss unter der Bedingung, ihre enge Freundschaft zu Börne fortsetzen zu können.
Mai: Auf dem »Hambacher Fest« wird Börne spontan als einer der Hauptvertreter der freiheitlich-oppositionellen Bewegung in Deutschland, als Freiheitskämpfer und Patriot gefeiert.
Aufenthalt in der Schweiz.

1833
Der dritte und vierte Teil der »Briefe aus Paris« erscheinen zur Tarnung unter dem Titel »Mitteilungen aus dem Gebiete der Länder- und Völkerkunde«.
Jeanette Strauss-Wohl siedelt mit ihrem Mann nach Paris über, um mit Börne einen gemeinsamen Haushalt zu führen.

1834
Börne übersezt »Paroles d'un croyant« des Sozialrevolutionärs Abbé de Lamennais. Die Bände V und VI der »Briefe aus Paris« erscheinen.

1836
Börne gibt die Zeitschrift »La Balance – revue allemande et française« heraus, die sich dem Vergleich zwischen deutscher und französischer Literatur widmet, jedoch bereits nach kurzer Zeit wieder eingestellt werden muß.

1837
Die Streitschrift »Menzel, der Franzosenfresser« wendet sich gegen den Wortführer der Pressehetze gegen das »Junge Deutschland«, den Stuttgarter »Literaturpapst« Wolfgang Menzel.
12. Februar: Ludwig Börne stirbt in Paris an einem Lungenleiden. Jeanette Strauss-Wohl erbt seinen gesamten Nachlaß und gibt von 1844 bis 1850 zusammen mit ihrem Mann Börnes »Nachgelassene Schriften« heraus (6 Bände).

Ingrid Pergande-Kaufmann